蓝星诗库·典藏版

于坚
的诗

于坚 著

POEMS OF
YU JIAN

人民文学出版社

图书在版编目（CIP）数据

于坚的诗/于坚著. —北京：人民文学出版社，2023
（蓝星诗库：典藏版）
ISBN 978-7-02-017792-9

Ⅰ.①于⋯ Ⅱ.①于⋯ Ⅲ.①诗集—中国—当代 Ⅳ.①I227

中国国家版本馆CIP数据核字（2023）第027463号

责任编辑　薛子俊　李义洲
装帧设计　陶　雷
责任印制　张　娜

出版发行　人民文学出版社
社　　址　北京市朝内大街166号
邮政编码　100705

印　　刷　北京汇林印务有限公司
经　　销　全国新华书店等

字　　数　161千字
开　　本　880毫米×1230毫米　1/32
印　　张　13.875　插页2
印　　数　1—5000
版　　次　2000年12月北京第1版
印　　次　2023年5月第1次印刷

书　　号　978-7-02-017792-9
定　　价　68.00元

如有印装质量问题，请与本社图书销售中心调换。电话：010－65233595

于坚

1954 —

字之白。1954 年 8 月生于昆明。1970 年代初开始写作，包括诗、散文、小说、随笔、评论、摄影、纪录片等。著有诗集、文集五十余种。中国第三代诗歌主要代表、先锋派文学重要作家之一。"诗言体""拒绝隐喻""民间立场"等诗学主张对中国当代诗歌具有广泛持久的影响。曾获华语文学传媒大奖年度杰出作家、鲁迅文学奖、朱自清散文奖、《创世纪》四十年诗歌奖等。系列摄影作品获《国家地理》杂志华夏摄影奖。他的写作也受到国际关注，译为多种文字并获奖。

出 版 说 明

新诗百年，现代汉语诗歌的面貌已经焕然一新。为繁荣社会主义文化，自1998年起，人民文学出版社推出"蓝星诗库"丛书，致力于彰显当代中国诗歌所取得的成就和具备的广阔可能。"蓝星"取自于天文学概念"蓝巨星"，这是恒星演变过程中的一个活跃阶段；丛书收录1960年代以来中国诗坛各个时期具有启发性、创造性、影响力的重要诗人及其代表作品。

"蓝星诗库"丛书问世以来，在同类图书中一直保有较高的口碑和市场业绩，且业已成为诗界的品牌出版物。2012年，我们优中选精，推出了"蓝星诗库金版"丛书；2023年是"蓝星诗库"丛书出版二十五周年，为回报作者和广大读者，我们决定推出"蓝星诗库·典藏版"丛书，对既往出版诗集进行一次全面梳理，并以新的图书形态奉献给读者。

有几点情况需要说明：一、此次新版，考虑到"蓝星诗库"丛书出版时间跨度的问题，并充分尊重作者意愿，对旧版诗集进行了不同程度的修订；综合图书版权等因素，部分诗集我们留待将来出版。二、"蓝星诗库·典藏版"将秉持"蓝星诗库"丛书一贯的遴选标准，严守门槛，开放出版，持续推出当代诗歌精品。

感谢诗人及其家属的信任，感谢广大读者朋友的厚爱，让我们共同努力，为推动当代中国诗歌的繁荣贡献自己的力量。

人民文学出版社编辑部

目　录

卷一　想象中的锄地者

作品 57 号　　　　　　　　　　　003

某夜　　　　　　　　　　　　　005

作品 89 号　　　　　　　　　　　006

在深夜　云南遥远的一角　　　　009

河流　　　　　　　　　　　　　010

高山　　　　　　　　　　　　　012

苹果的法则　　　　　　　　　　014

我一向不知道乌鸦在天空干些什么　015

阳光破坏了我对一群树叶的观看　016

速度　　　　　　　　　　　　　017

一只充满伤心之液的水果　　　　019

那人站在河岸　　　　　　　　　020

想象中的锄地者　　　　　　　　023

避雨之树　　　　　　　　　　　025

我知道一种爱情……　　　　　　028

关于玫瑰 030

阳光下的棕榈树 032

作品 3 号 033

在旅途中 不要错过机会 034

我的女人是沉默的女人 036

横渡怒江 039

有一回 我漫步林中…… 042

山谷 043

作品 112 号 044

作品 108 号 045

远方的风 047

夏天最后一场风暴 049

自然的暗示 051

我看见草原的辽阔 053

作品 2 号 055

作品 41 号 056

守望黎明 058

作品 105 号 060

苍山清碧溪 061

被暗示的玫瑰 063

正午的玫瑰 064

正午的玫瑰 另一结局 066

滇池 068

黄河　　　　　　　　　　　　　　　070

春天咏叹调　　　　　　　　　　　072

在云南省西部荒原上所见的两棵树　075

空地　　　　　　　　　　　　　　077

春天纪事　　　　　　　　　　　　079

篱笆　　　　　　　　　　　　　　082

一只蚂蚁躺在一棵棕榈树下　　　　084

昨夜当我离去之后……　　　　　　086

避雨的鸟　　　　　　　　　　　　088

在马群之间　　　　　　　　　　　089

一只蝴蝶在雨季死去　　　　　　　091

黑马　　　　　　　　　　　　　　093

灰鼠　　　　　　　　　　　　　　095

对一只乌鸦的命名　　　　　　　　098

在丹麦遇见天鹅　　　　　　　　　103

赞美海鸥　　　　　　　　　　　　105

鱼　　　　　　　　　　　　　　　108

寓言·出埃及记　　　　　　　　　111

哀滇池　　　　　　　　　　　　　117

卷二　傍晚的边界

米罗画册　　　　　　　　　　　　131
在漫长的旅途中　　　　　　　　　132

我梦想着看到一只老虎　　134

有一本书已经在这个城市出版　　135

预感　　136

傍晚的边界　　137

无法适应的房间　　139

一枚穿过天空的钉子　　140

在钟楼上　　141

下午　一位在阴影中走过的同事　　144

啤酒瓶盖　　146

坠落的声音　　148

作品 50 号　　150

作品 201 号　　152

作品第 5 号　　154

金鱼　　155

在牙科诊所　　158

三月十五之夜的暴力　　160

在诗人的范围以外对一个

　雨点一生的观察　　163

作品 55 号　　167

铁路附近的一堆油桶　　169

作品 67 号　　170

独白　　172

我的恋爱经历　　　　　　　　　174

第一课："爱巢"　　　　　　　176

嘴巴疯狂地跳舞　　　　　　　179

世界啊　你进来吧　　　　　　180

心灵的寓所　　　　　　　　　184

1987 年 12 月 31 日　　　　　　186

秃顶的秋天　站在死亡之外的儿童　187

这个夜晚暴雨将至　　　　　　189

我偶然想到……　　　　　　　191

以前我到过许多地方　　　　　192

整个春天　　　　　　　　　　193

寄小杏　　　　　　　　　　　195

想小杏　　　　　　　　　　　197

给小杏的诗　　　　　　　　　198

作品 66 号　　　　　　　　　200

那时我正骑车回家　　　　　　201

探望者　　　　　　　　　　　203

作品 104 号　　　　　　　　　205

作品 101 号　　　　　　　　　207

外婆　　　　　　　　　　　　209

感谢父亲　　　　　　　　　　211

赞美劳动　　　　　　　　　　214

停车场上　春雨 216

作品 1 号 217

作品 16 号 219

作品第 48 号 221

作品 52 号 224

远方的朋友 225

作品 60 号 227

有朋从远方来 231

送朱小羊赴新疆 234

作品 39 号 236

给姚霏 238

罗家生 241

女同学 244

芸芸众生：某某 250

伊曼努尔·康德 253

弗兰茨·卡夫卡 255

贝多芬纪年 257

文森特·凡高 259

比利·乔或杰克逊 261

读弗洛斯特 262

二十岁 263

北郊工厂的女王 266

大池   268

作品 19 号   270

作品 49 号   272

作品 51 号   274

邻居   276

尚义街六号   278

礼拜日的昆明翠湖公园 283

作品 100 号   290

三个房间   296

参观故宫   299

上教堂   302

卷三　事　件

事件：写作   311

事件：风   314

事件：谈话   316

事件：诞生   320

事件：铺路   324

事件：寻找荒原   326

事件：玻璃屋中的鼠 329

事件：停电   334

事件：挖掘   337

事件：翘起的地板　　　　　　　　　341

事件：暴风雨的故事　　　　　　　　344

事件：装修　　　　　　　　　　　　348

事件：结婚　　　　　　　　　　　　351

事件：围墙附近的三只网球　　　　　359

事件：三乘客　　　　　　　　　　　364

事件：棕榈之死　　　　　　　　　　369

卷四　0档案

0档案　　　　　　　　　　　　　　379

卷五　飞　行

飞行　　　　　　　　　　　　　　　399

后记　　　　　　　　　　　　　　　428

卷一

想象中的锄地者

作品 57 号

我和那些雄伟的山峰一起生活过许多年头

那些山峰之外是鹰的领空

它们使我和鹰更加接近

有一回我爬上岩石垒垒的山顶

发现故乡只是一缕细细的炊烟

无数高山在奥蓝的天底下汹涌

面对千山万谷　我一声大叫

想听自己的回音　但它被风吹灭

风吹过我　吹过千千万万山岗

太阳失色　鹰翻落　山不动

我颤抖着贴紧发青的岩石

就像一根被风刮弯的白草

后来黑夜降临

群峰像一群伟大的教父

使我沉默　沿着一条月光

我走下高山

我知道一条河流最深的所在

我知道一座高山最险峻的地方

我知道沉默的力量

那些山峰造就了我

那些青铜器般的山峰

使我永远对高处怀着一种

初恋的激情

使我永远喜欢默默地攀登

喜欢大气磅礴的风景

在没有山岗的地方

我也俯视着世界

1984 年

某　夜

我高坐山岗

俯视着巨大的夜晚

世界现在取下了面具

露出黑黝黝的头颅

我捧住这颗伟大的果子

想弄开它的硬壳

看看里面是些什么

1988 年 4 月 8 日

作品 89 号

通过郊区　我深入秋天的腹地

面目全非　变形的大地上　河流要绕过监狱　才能继

　　续向南

疯人病院的窗子关着　灰色的砖头房子外面　下午的

　　玉米

是另一种金黄　辽阔只剩下一些局部　倒下的庄稼

像一捆捆缴获的枪支　它们再也不会丰富农业　下个月

它们将在一份建筑合同中死亡　秋天早已不是这个季

　　节的麻雀　风和阳光

不是大地上的气候　事物的特征　秋天只是一些美丽

　　的片断

农民李二的眼睛　是田野上最忧伤的火焰　一棵幸存

　　的枫树

仍然有着红头发的倒影　像多年以前　在皇家花园

　　弹琵琶的夫人

在那个古典的距离　并没有佩剑的武士注目　一个废

　　弃的作坊

已成为工业时代的开端　忧心忡忡　我目击过真正的
　　秋天

大风撑开深深的苍穹　来自西域的鹰群　高高在上
　　大地闪烁着光芒

蓝色山岗　红色农场　世界一片透明　牧歌在响　劳
　　动与收获　人类的天堂

在秋天的喧响中　我常常离开乡村的大道　阔步荒野
　　大步跨过一垄垄田地

惊动了一群群乌鸦　它们在我到达之前一大片地飞起
　　好像汉王黑色的披风

或者躺在秋天裸露的根上　像一只老猫　秋天亲爱的
　　老家伙

在城里和别人说到故乡　我指的是你　在充满神性的
　　秋天　我有玉米的心

鸟的心　土地和种子的心　我有晴朗而辽阔的心

无法掩饰这真实的感情　哪怕在这个时代　关于它的
　　话题早已过时

在秋天怀念秋天　如今只有回忆能抵达这个季节

我承认在我内心深处　永远有一隅　属于那些金色池
　　塘　落日中的乡村

属于马车和拾稻穗的农夫　属于蚂蚱　属于落叶和空
　　掉的稻田

我一向以为　秋天是永恒的　万岁千秋　千秋万岁

又是秋天的好时光　长寿的却是我　披黑纱的却是我

世界日异月新　在秋天　在这个被遗忘的后院

在垃圾　废品　烟囱和大工厂的缝隙之间

我像一个唠唠叨叨的告密者　既无法叫人相信秋天已

　　被肢解

也无法向别人描述　我曾见过这世界　有过一个多么

　　光辉的季节

1988 年

在深夜　云南遥远的一角

在深夜　云南遥远的一角

黑暗中的国家公路　忽然被汽车的光

照亮　一只野兔或者松鼠

在雪地上仓惶而过　像是逃犯

越过了柏林墙　或者

停下来　张开红嘴巴　诡秘地一笑

长耳朵　像是刚刚长出来

内心灵光一闪　以为有些意思

可以借此说出　但总是无话

直到另一回　另一只兔子

在公路边　幽灵般地一晃

从此便没有下文

1999 年 10 月 29 日

河　流

在我故乡的高山中有许多河流

它们在很深的峡谷中流过

它们很少看见天空

在那些河面上没有高扬的巨帆

也没有船歌引来大群的江鸥

要翻过千山万岭

你才听得见那河的声音

要乘着大树扎成的木筏

你才敢在那波涛上航行

有些地带永远没有人会知道

那里的自由只属于鹰

河水在雨季是粗暴的

高原的大风把巨石推下山谷

泥巴把河流染红

真像是大山流出来的血液

只有在宁静中

人才看见高原鼓起的血管

住在河两岸的人

也许永远都不会见面

但你走到我故乡的任何一个地方

都会听见人们谈论这些河

就像谈到他们的上帝

1983 年

高　山

高山把影子投向世界

最高大的男子也显得矮小

在高山中人必需诚实

人觉得他是在英雄们面前走过

他不讲话　他怕失去力量

诚实　就像一块乌黑的岩石

一只鹰　一棵尖叶子的幼树

这样你才能在高山中生存

在山顶上走

风暴　洪水和闪电

都是高山中不朽的力量

他们摧毁高山

高山也摧毁他们

他们创造高山

高山也创造他们

在高山上人是孤独的

只有平地上才挤满炊烟

在高山中要有水兵的耐性

波浪不会平静　港口不会出现

一摇一晃之间

你已登上峰顶

或者堕入深渊

一辈子也望不见地平线

要看得远　就得向高处攀登

但在山峰你看见的仍旧是山峰

无数更高的山峰

你沉默了　只好又往前去

目的地不明

在云南有许多普通的男女

一生中到过许多雄伟的山峰

最后又埋在那些石头中

1984 年

苹果的法则

一只苹果　出生于云南南方

在太阳　泉水　和少女们的手中间长大

根据永恒的法则被种植　培育

它永恒地长成球体　充满汁液

在红色的光辉中熟睡

神的第一个水果

神的最后一个水果

当它被摘下　装进箩筐

少女们再次陷入怀孕的期待与绝望中

她们和土地都无法预测

下一回　下一个秋天

坠落在箩筐中的果实

是否仍然来自　神赐

1994 年 3 月

我一向不知道乌鸦在天空干些什么

我一向不知道乌鸦在天空干些什么　书上说它在飞翔
现在它还在飞翔吗　当天空下雨　黑夜降临
让它在云南西部的高山，引领着一群豹子走向洞穴吧
让这黑暗的鸟儿　像豹子一样目光炯炯　从岩石间穿过
我一向不知道乌鸦在天空干些什么
但今天我在我的书上说　乌鸦在言语

1994 年

阳光破坏了我对一群树叶的观看

阳光破坏了我对一群树叶的观看

单纯的树　作为树生长于树之中

但阳光在制造一棵树的区别

同一整体中的叶子　被它分裂成阴暗的区域

明亮的区域　半明半暗的区域

像一头君临水池的狮子　整一的金黄色卷毛

并未涂抹出整一的图像

是阳光而不是狮子　在四月蓝色的天空中

行使一个太阳在晴朗时刻的权力

一棵具体的桉树消失了　现在

"一棵树不只是一棵树"

那从大地升起到天空中的金字塔形木料

至少有三种象征　暗示光明或者黑暗

告密者和叛徒　在二者之间　摇摆

1994 年 4 月

速　度

种土豆的人们受到黎明的感染

受到正在上升的太阳的感染

活干得很快　这时候世界是快的

露水干得很快　田鼠逃得很快

在这样的时候应该赶快　劳动者

很快就脱去了上衣　光起了膀子

一日之计在于晨　小学教师

也是这样教育学生　他们

快速反应着　教室里看不见世界

早晨的语文　在纸上被理解为

一些　昨天剩下的成语

在黄昏中　世界就慢下来

大地的队伍朝着西方慢下来

玉米地和山岗的队列

河流和树林的队列

村庄和向日葵的队列

一切都朝着西方慢下来

所有拖在物体上的影子都慢下来

像裹着黑夜之身的丝绸

一匹匹滑落下去

种土豆的人们　拎着工具

和离开了学校的孩子们汇合

在高地上缓慢地走着

前面是家　他们不担心时间

孩子们慢吞吞的

再没有课外作业

大人们慢吞吞的

因为土豆已经全部种下

他们那么缓慢

仿佛大地进入了他们的身体

那在快速中被种下的东西

并没有慢下来　也从未快过

它们不能快也无法慢

只是开始了　就要生长着

就要从早到晚　从春天到秋天

在着　不紧不慢　直到结束

1999 年

一只充满伤心之液的水果

一只充满伤心之液的水果　搁置在清晨的桌面上

塞尚的白桌布　野兽们梦想中的钻石

阳光旋转　搬动着影子　让它青色的一面向着光源

红色的一面在黑暗深处　绿色的一面在镜子中

三面旗帜在光谱中变相　看不出它和树有过什么关系

它的四周没有动物　它的存在是一种教养

瓷盘不动　刀叉不动　牛奶不动　贵族的星期天

享用的时刻　它的伤心之液和一群熊有关

但是那些熊未被农场采集　它们此刻在千里之外的树下睡眠

梦见这钻石　充满着不甜的伤心之液

1994 年

那人站在河岸

那人站在河岸

那人在恋爱时光

臭烘烘的河流

流向大海的河流

一条黑烟

从城市里爬出

爬向大陆边边

爬进蔚蓝的大海

那人的爱情

一生一次的初恋

就在这臭烘烘的河上开始

一开始就长满细菌

口痰和粪便糊在上面

是他自己的口痰

是他的城市的口痰

泡沫抱着鼠尸旋转

和他的初恋一起跳舞

慢四步　风度翩翩　一圈又一圈

蚊子们很嫉妒

将那爱情叮咬

那爱情又疼又痒

长满水泡　抓出血痕

落日在河上撒下一大把金币

被罐头盒和破鞋子

一枚一枚捞去

那人沉默不语

他不愿对他的姑娘说

你像一堆泡沫

河上没有海鸥

河上没有白帆

他想起中学时代读过的情诗

十九世纪的爱情也在这河上流过

河上有鸳鸯　天上有白云

生活之舟栖息在树荫下

那古老的爱情不知漂到海了没有

那些情歌却变得虚伪

像一个个花枝招展的淫妇

面对这风景他沉默

他不怀念也不忧伤

他没见过蔚蓝的河流

他说不上厌恶这臭烘烘的河流

这是他出生的河流

这是他爱情的河流

但他沉默

把他知道的沉在河底

他要貌似深沉

在这个时代　人们都还胆小

还在唱祖先的情歌

他还不敢对他的姑娘说

你像一堆泡沫

臭烘烘的泡沫

臭烘烘的河流

像从前一样流向远方

臭烘烘的河岸

要像往昔一样长满爱情

1985 年 6 月

想象中的锄地者

锋利的锄头　犹如春天　被大地的边沿磨过的光芒
这个象征是错误的　什么是春天的光芒　请指出来
是河流的肤色　还是树皮上的露水　或者是一匹母马
　　平行于河岸的脊背？
是羊群毛尖上的亮色　或者是磨坊　被风吹开时暴露
　　的干草？
是苹果树某一位置的叶子　或者　来自天空　乌鸦旋
　　转时的角度
惟一的来自金属的光芒　被这个农民的手高举
四十岁的农民　他的锄头二十五年前购自供销社
在秋天麦子丰收的地点　把残余的麦根挖掉　种土豆
　　和南瓜
劳动使他高于地面　但工具比他更高　高举着锄头
　　犹如高举着
劳动的旗帜　又是象征的陷阱　谁能接着对一把锄头
　　使用　飘扬？
下一个动作　必须向地面坠落　锄头才能很深地切开

坚土

他的动作必须对故乡的传统负责　当兔子从他的胯间
　　奔过　锄头恰好栽进地中

他锄的不是大地　那是一个更辽阔的概念　他的土地
　　是小的

两亩半　在村子西头　马过河的岸上　有着核桃树和
　　石榴树的那块

他的土地在去年叫做麦地，今年变换称呼　要与粮食
　　吻合

春天的正午　我想象一个农民在距我六十公里的郊区
　　锄地

作为我想象中的春天的核心　是一把锋利的锄头　我
　　已坠入陷阱

我没有想到的是　当兔子跑过他的土地的时候　爪子
　　带走了好些新土

那是春天的另一个核心　我却没有表达

1995 年 3 月 17 日

避雨之树

寄身在一棵树下　躲避一场暴雨

它用一条手臂为我挡住水　为另外的人

从另一条路来的生人　挡住雨水

它像房顶一样自然地敞开　让人们进来

我们互不相识的　一齐紧贴着它的腹部

蚂蚁那样吸附着它苍青的皮肤　它的气味使我们安静

像草原上的小袋鼠那样　在皮囊中东张西望

注视着天色　担心着闪电　雷和洪水

在这棵树下我们逃避死亡　它稳若高山

那时候我听见雷子砸进它的脑门　多么凶狠

那是黑人拳击手最后致命的一击

我不惊慌　我知道它不会倒下　这是来自母亲怀中的经验

不会　它从不躲避大雷雨或斧子这类令我们恐惧的事物

它是树　是我们在一月份叫做春天的那种东西

是我们在十一月叫做柴禾或乌鸦之巢的那种东西

它是水一类的东西　地上的水从不躲避天上的水

在夏季我们叫它伞而在城里我们叫它风景

它是那种使我们永远感激信赖而无以报答的事物

我们甚至无法像报答母亲那样报答它　我们将比它先老

我们听到它在风中落叶的声音就热泪盈眶

我们不知道为什么爱它　这感情与生俱来

它不躲避斧子　也说不上它是在面对或等待这类遭遇

它不是一种哲学或宗教　当它的肉被切开

白色的浆液立即干掉　一千片美丽的叶子

像一千个少女的眼睛卷起　永远不再睁开

这死亡惨不忍睹　这死亡触目惊心

它并不关心天气　不关心斧子雷雨或者鸟儿这类的事物

它牢牢地抓住大地　抓住它的那一小片地盘

一天天渗入深处　它进入那最深的思想中

它琢磨那抓在它手心的东西　那些地层下面黑暗的部分

那些从树根上升到它生命中的东西

那是什么　使它显示出风的形状　让鸟儿们一万次飞走

　　一万次回来

那是什么　使它在春天令人激动　使它在秋天令人忧伤

那是什么　使它在死去之后　成为斧柄或者火焰

它不关心或者拒绝我们这些避雨的人

它不关心这首诗是否出自一个避雨者的灵感

它牢牢地抓住那片黑夜　那深藏于地层下面的

那使得它的手掌永远无法捏拢的

我紧贴着它的腹部　作为它的一只鸟　等待着雨停时飞走

风暴大片大片地落下　雨越来越瘦

透过它最粗的手臂我看见它的另外那些手臂

它像千手观音一样　有那么多手臂

我看见蛇　鼹鼠　蚂蚁和鸟蛋这些面目各异的族类

都在一棵树上　在一只袋鼠的腹中

在它的第二十一条手臂上我发现一串蝴蝶

它们像葡萄那样垂下　绣在绿叶之旁

在更高处　在靠近天空的部分

我看见两只鹰站在那里　披着黑袍　安静而谦虚

在所有树叶下面　小虫子一排排地卧着

像战争年代　人们在防空洞中　等待警报解除

那时候全世界都逃向这棵树

它站在一万年后的那个地点　稳若高山

雨停时我们弃它而去　人们纷纷上路　鸟儿回到天空

那时太阳从天上垂下　把所有的阳光奉献给它

它并不躲避　这棵亚热带丛林中的榕树

像一只美丽的孔雀　周身闪着宝石似的水光

1987 年

我知道一种爱情……

我知道一种爱情

我出生的那个秋天就在这爱情中诞生

它也生下我的故乡和祖先

生下亚当和夏娃

生下那棵杨草果树和我未来的妻子

也生下空气　水　癌症

孤独感和快乐的眼泪

我不知道这爱情是什么

它不只存在于一个人的眼睛里

或者一处美丽的风景中

有些人时时感到它的存在

有些人一生也未曾感到过它

我曾经在童年的一天下午

远地传来的模糊的声音中

在一条山风吹响的阳光之河上

在一个雨夜的玻璃后面

在一本往昔的照片簿里

在一股从秋天的土地飘来的气味中
我曾经在一次越过横断山脉的旅途上
强烈地感受到这种爱情
每回都只是短暂的一瞬
它却使我一生都在燃烧

1985 年

关于玫瑰

苍蝇出现在四月发生的地方

我要把"玫瑰"和"候鸟"这两个词奉献给它

它们同时成为四月的意象　形状不同的生物

来自花园　来自北方　来自垃圾场　但意味着四月

是一个已经存在于空间和时间中的月份　生动的意象

它不是诗歌的四月　不是花瓶的四月　不是敌人的四月

它是大地的四月　玫瑰成全了花园　候鸟打开了天空

而苍蝇使房间成为翅膀可以活动的区域

它们各干各的事　使四月趋于完整

我还要向苍蝇奉献的是"开放"和"啼鸣""芬芳"

　和"清脆"

我同样要向玫瑰奉献"细菌"　向候鸟奉献"污秽"

以及"叮扰""嗡嗡"

世界的神秘通道　只在于　你是否能穿过黑暗抵达四月

苍蝇有苍蝇的黑暗　玫瑰有玫瑰的黑暗　候鸟有候鸟

　的黑暗

在这个光明的月份　在进入这个已被记载于抒情诗中

的岁月之前

一只苍蝇不知道它能否进入"苍蝇"

一朵玫瑰不知道它能否进入"玫瑰"

一只候鸟不知道它能否进入"候鸟"

并非所有的事物都能像历史上的四月那样进入四月

在我索居的城市　四月未能在四月如期抵达

它未能穿过玻璃的黑暗　铁的黑暗　工厂的黑暗

未能穿过革命者仇视旧世界的黑暗

在一个没有苍蝇的四月怀念着同样没有出现的玫瑰

这就是世界的黑暗　四月没有穿越的黑暗

1994 年 1 月 8 日

阳光下的棕榈树

我看见那些绿色的手指

为春天之水洗净的手指

在抚摩大理石一样光滑的阳光

白色的阳光　像高大的圆柱在它们之间挺立

并从那儿向高处上升

直到整个蓝色的圆顶　都被撑开

它们像朝圣者那样环绕它　靠近它

像是触到竖琴　我看见那些手指在颤抖

那时我看不见棕榈树　我只看见一群手指

修长的手指　希腊式的手指

抚摩我

使我的灵魂像阳光一样上升

1989 年 2 月 19 日

作品 3 号

发白的鸟蛋蹲在树叶的天空

唱一支小雨的歌子

绿荫荫的阳光筛过我的思想

和甲壳虫和草叶和一条蛇一起躺下

我用松树的头发编着一个弹弓

痒痒的浆果味长满我的双耳

长角的黄鹿在山坡上猜测着我

兔子笑眯眯地告诉熊我不是一只蜜蜂

那钟声听不见了听不见了

一只母狼多情地望着我秋天落在地上

那时候我看见一棵橡树后面生下了夏娃的声音

1982 年

在旅途中　不要错过机会

在旅途中　不要错过机会

假如你路过一片树林

你要去林子里躺上一阵　望望天空

假如你碰到一个生人

你要找个借口　问问路　和他聊聊

你走着走着　忽然就离开了道路

停下来　背包一甩

不再计算路程　不再眺望远处

这是你真实的心愿　或许你从未察觉

你听见一只鸟站在树枝上唱歌

忽然就明白了歌子的含义

你和陌生人说说笑笑

知道了另一条河上的事情

或许你就一直躺在林子里

直到太阳落山　黑夜降临

或许你从此就折进某一条岔路

只因你感觉对头　心里高兴

你就是停下来　躺一阵　聊聊天
你发现活着竟如此轻松
脚也不酸　肩也不疼　心也不烦
只是不要忙着低头赶路
错过了这片林子可就不同
错过了这个生人可就不同
你要一直顺着路走　才能回到家中
你要走很久很久　才能回到家中

1987 年 9 月

我的女人是沉默的女人

我的女人是沉默的女人

我们一起穿过太阳烤红的山地

来到大怒江边

这道乌黑的光在高山下吼

她背着我那夜在茅草堆上带给她的种子

一个黑屁股的男孩

怒江的涛声使人想犯罪

想爱　想哭　想树一样地勃起

男人渴望表现　女人需要依偎

我的女人是沉默的女人

她让我干男人在这怒江边所想干的一切

她让我大声吼　对着岩石鼓起肌肉

她让我紧紧抱　让我的胸膛把她烧成一条母蛇

她躺在岸上　古铜色的大腿

丰满如树但很柔软

她闭了眼睛　不看我赤身裸体

她闭了眼睛比上帝的女人还美啊

那两只眼睛就像两片树叶

春天山里的桉树叶

我的女人是沉默的女人

从她的肉体我永远看不出她的心

她望着我　永远也不离开

永远也不走近

她有着狼那种灰色的表情

我的女人是沉默的女人

她像炊烟忠实于天空

一辈子忠实着一个男人

她总是在黎明或黄昏升起

敞开又关上我和她的家门

让我大碗喝酒　大块嚼肉

任我打　任我骂　她低着头

有时我爬在地上像一条狗舔她的围裙

她在夜里孤零零地守在黑暗中

听着我和乡村的荡妇们调情

我的女人是沉默的女人

从前我统治着一大群黑牛

上高山下深谷我是云南王

但那一天我走下山岗

她望了我一眼　说

天黑了

我跟着她走了

从此我一千次一万次地逃跑

然后又悄悄地回来　失魂丧魄地回来

乌黑的怒江之光在高山上流去

我的女人是沉默的女人

1983 年

横渡怒江

黄昏时分的怒江

像晚年的康德在大峡谷中散步

乌黑的波浪

是这老人脸上的皱纹

被永恒之手翻开

他的思想在那儿露出

只有石头看见

千千万万年

天空高如教堂

巨石在看不见的河底滚动

被水磨成美丽的石子

装饰现代人的书房

或者白沙

光屁股的孩子们

把它堆成一座座金字塔

千千万万年

怒江流得冷静

一身黑衣的大法官

目光炯炯

过江就是过江

影子滑过镜面

天空看得清清楚楚

逃跑就是逃跑

哪怕你浑身湿透

像落难的英雄

淹死就是淹死

一米七五　一闪就没了踪影

许多奋斗许多梦许多离合悲欢

一米七五　一闪就没了踪影

一只鹰

一只在诗歌中象征帝王的鹰

一闪就没了踪影

没了踪影

怒江水冷

太阳升起时

又走过人　又飞过鹰

在一些年代

怒江两岸有军队踞守

只有革命者或者叛徒

才横渡怒江

无论他们朝着哪一岸

革命或者背叛

都一样要面对怒江

无论是谁　当他站在大怒江边

都要先面对自己内心的江面

横渡或者逃走　要想好

他外表很平静

像怒江的脸

在他心的深处

巨石滚动或者停下

水流湍急或者混浊

永远没有人会看出

1985 年 4 月

有一回 我漫步林中……

有一回 我漫步在林中

阴暗的树林 空无一人

突然 从高处落下几束阳光

几片金黄的树叶 掉在林中空地

停住不动 我感觉有一头美丽的小鹿

马上就会跑来 舔这些叶子

没有鹿 只有几片阳光 掉在林中空地

我忽然明白 那正是我此刻的心境

仿佛只要我一伸手

就能永远将它捕获

1987 年 9 月

042

山　谷

这是我不熟悉的山谷

第一次我看到这些树

这些草　这些石头

我第一次遇见这只鸟

它从我的左边飞到我的右边

这是我不熟悉的山谷

阴暗　没有阳光

我听见流水淙淙　在谷底淌过

于是我沿着这声音前行

1987 年 10 月

作品 112 号

谁见过那阵风碰落了那么多树叶
谁在晴朗而明亮的下午
看见那么多的叶子
突然落下　全部死去
谁就会不寒而栗

1988 年 1 月 11 日

作品 108 号

一瞥之间

我看见风把秋天弄成铅灰色

它底下的大海　也已支离破碎

只是一瞥　它已窜到我的面前

凉飕飕的手指　插进我的头发

紧紧抓住

它抓住的不是一个名字　一串思想

不是一些句号或者问号

它抓住一个躯体　血肉之躯

有坚硬的部分　有柔软的部分

那时它也抓住其它许多躯体

那些被我们叫做树叶、火车、草

或者渔夫的躯体

它抓住　又松开了

它感觉到我们的分量

我理理头发　在远处

大海缓缓地摇动

那庞然大物　　正在梳理它的羽毛

1987 年 12 月

远方的风

远方的风

你从什么地方来

你见过些什么样的地方

你吹过些什么样的人群

那儿的太阳是黄的还是绿的

那儿的女人有没有红头巾

你吹过些什么样的离别

你吹过些什么样的爱情

那儿的河边是不是种着白杨

那儿的天空是不是飞着老鹰

远方的风啊

你从远远的地方来

那是我永远不知道的地方

那是我永远向往的地方

你吹进我的家

你吹开我的窗帘

你进过多少人家

你吹开多少窗帘

你不说话　一句也不说

你到过很多地方

我永远不知道的地方

你知道很多事情

我永远不知道的事情

风呵　风呵

你经过我　使我一阵凉快

你立即无影无踪

窗帘再也不动

再也不动　我已成为远方

远方的人们永远向往的远方

1986 年 12 月 20 日

夏天最后一场风暴

夏天最后一场风暴

伸着黑色的舌头

把一整个大海都啄起来的舌头

无比锋利

藏着光芒

一下就削掉蚊子的双腿

世界的吸血者

曾使那么多动物手舞足蹈

突然就一只一只跌下

像是哑剧演员碰到并不存在的玻璃

皮肤从此安静如水

夜晚无事可干

凉快的风

像一块蓝色的绒布

把星星一颗一颗擦干

像是拭擦一只只用过的酒杯

它们大大小小远远近近

在明净清朗的天宇

呈现出本来的光辉

1989 年

自然的暗示

某年的春天

那人走进大厅

空无一人

他坐下来弹奏钢琴

阳光拉开空气

放走了他的音符

又在他的脸上

无情地抚摸

他弹了一曲森林

又弹了一曲阳光

无数空空的椅子

被他的音乐塞满

他又弹了一曲暴风骤雨

才悄悄地离去

空无一人的大厅

阳光依旧是阳光

春天依旧是春天

那人走后不久

天空下起了大雨

那人被雨水淋湿

1987 年

我看见草原的辽阔

我看见草原的辽阔

在草地的边缘　我看见它

在铅青色的天空下　把草原

巨大而肥沃的躯体旋转

"辽阔"　如果面对大草原我不这样喊叫

我就只能闭嘴　像个哑巴

被某一场景的隐私弄得焦躁不安

辽阔的草原　为我拨开一只深远的牧歌

一根根质地柔韧的草　全部倒向远方

绿色导体　往那边运送着巨额的光线

在那边　它们进入　辽阔

把那更伟大的纺织

骑着马　我驰向草原的腹地

我看见辽阔在退走　以马的速度

它骑着它的马　我骑着我的马

当我进入那火焰的中心

我发现草原的心脏长满了草

由于很少有人踩踏

这些草长得非常茂密

1990 年

作品 2 号

太阳泊在海上
一个黄瓷瓶翻倒了
蓝桌布上洒满白花
波浪咬着船的皮肤
手优美地游过
拨响一张咸的唱片
一群红少女
在沙滩上拾着阳光
网隔着海洋和岸
我把白昼一饮而干
金酒瓶抛给上帝
它漆黑不语
一条剑鱼飞进天空
又掉下
今夜是一颗流星
风走到你的背后
轻轻地舔你的纱巾

1983 年

作品 41 号

树叶干了

海从蔚蓝的远处回来

它跳着一种我从未见过的舞蹈

也许在夏天它认识了一些善舞的水族

看不见那片白沙　那儿是一片汪洋

五月那儿长满男人和女人

阳光吹过　红裙子落满海滩

天气凉了　蚊子已不来骚扰

窗外天天走过美丽的黄昏

常常一个人想着外婆

她早已死去　人们将她埋在山岗

外婆的黄昏飘满秋天的颜色

那些年代我蹦蹦跳跳

就像一个脏脏的皮球

滚进厨房　滚进外婆的围腰

秋天仍旧美丽而庄重

街上走过一个少妇

她已不穿橘红色的凉鞋

在高山看大地

从树林望天空

跟着一大群麻雀

站在收割过的田里

听打谷场上的声音

风爱每一棵树　人也爱风

爱它这些日子的气味

大地辽阔无边

天空辽阔无边

风辽阔无边

躺下了　躺下了

和上帝亲密地谈谈

在某个时辰

让村姑们拾了去

化作灶膛中的火

化作傍晚的炊烟

1984 年

守望黎明

又一次　在五点钟

灯还未亮的时候

我登上山冈　守望黎明

像多年以前　在母亲的子宫里

等着那只手　把我引领

不安地　朝向东方

那大庙高门深闭

世界泡在黑暗中

这巨兽的爪子　冰冷地搭在我的肩上

帮我裹紧外衣

金色的星子把它的头钉在天顶

使它像圣徒一样高贵

这迹象意味着死来临了

黑暗一动不动

声音一动不动

只有我　守望黎明的愚人

孤零零地活着

但我感觉到那只手已经开始

幕的后面　一些东西正在被拿掉

另一些被摆好

黎明在了　肌肤光滑的黑妇

已在轻轻地穿衣

黎明来了　像一种蓝色透明的血液

缓缓渗进世界的手指

于是像大家熟悉的那样

世界成为树梢　把风弄出响声

成为水　显出波纹

成为石头　变得坚硬

成为田野　农夫和马群

成为啼鸣的小鸟　太阳和钟声

像每个人都会做的那样

我站起来　在阳光中　走下山去

最平常的一个早晨　每天都有

只要不懒　起得早些

只要开开窗子　或者走到户外

1988 年 12 月再改

作品 105 号

秋天的下午　我独坐在大高原上

巨大的红叶　飘在阳光和天空之中

世界的声音涌来　把我的耳膜打湿

那是树叶和远方大海的声音

那是阳光和岩石的声音

那是羊群和马群的声音

那是风和鹰的声音　那是烟的声音

那是蝴蝶和流水的声音

那是城市和大工厂的声音

那是人类和神祇们的声音

我认识这些声音的创造者

我不知道谁在指挥它们

秋天的下午　我独坐在大高原上

听到世界的声音传来

这伟大的生命的音乐

使我热泪盈眶

1987 年 11 月

苍山清碧溪

清碧溪从大苍山的脚趾间涌出

清碧溪也可以叫做洗马河或者怒江

这丝毫不会影响它的流速　无论怎么命名

它都要从那片沙粒和石砾的地带　从它的根里出来

使最初潮湿的那儿　看上去像神的眼睛

一如泉水惯常的居所那样

清碧溪的两旁有森林　草　陶罐和蛇

它是所有事物中最矮的　在最初

它甚至不比一粒沙子高出多少

在它两旁　巨大的石块垒成山峰

夹杂着松树　鹰和太阳的泥石流一直朝天上滚去

在望不见的高处　最终被伟大的手完成

在那儿　苍山越过它的岩石和土　进入文字

进入书籍的某一页　在那儿　我们阅读并想象它

我们知道应当怎样谈论这座著名的山头

我在古城大理生活过一年　有关苍山

我几乎整个的一生都在谈论

但我不能谈论清碧溪　对于它　我不知道如何开口

当我抵达此溪　看见它从那无以命名的某处

从微不足道的沙和石块下面　咕咕冒上来

我看见它向大地敞开着它的透明　它的流动

依从着大地的凸凹　天空的明暗

在它的一边　把手浸入水中

捞取一些美丽无比的石子

考虑着是带走呢还是舍弃

这是我惟一能做的事

1990 年 6 月

被暗示的玫瑰

它被暗示在我们的院子里

作为一株玫瑰盛开

一座小花园给它这样的暗示

一幢黄房子的百叶窗给它这样的暗示

我们总是在五月的一天嗅到某种气味

总是在这一天的傍晚堕入情网

我们仿佛听到蜜蜂的嗡嗡　看到了鸟和园丁

我们喃喃自语　把姑娘唤做玫瑰

它被暗示在我们院子里　作为一种玫瑰

陪伴我们度过快乐而忧伤的一生

虽然在那儿　在一堆砖头和几丛杂草之间

从未滋生过玫瑰这种植物

1991 年

正午的玫瑰

春天为它营造了一座白色宫殿

依照最古典的样式　建造在四月

还准备了十一只蜜蜂十二只蝴蝶

还在阳光里掺好了风和草浆

可它呆不住　从早晨开始

它就试图挤开紧紧关闭的白色拱门

它顾不得月光如水的夜晚了

它等不及黄昏光临的诗人了

乱哄哄的正午　它要到我的园子里去

这可是个丑陋的园子　散落着废弃之什

还住着老鼠　蛇　以及其它难于启齿的尤物

它可不管这些　它不要宫殿　它要一座花园

没有什么东西能遏止这单纯的愿望

即使是春天　也不能营造它的心事

到园子里去　现在就去　玫瑰就这么想

作为园子的主人　我乐意成人之美

我并不指望这么做会有什么好处　譬如

一朵白玫瑰给我带来美好的心情

我只是做我该做的事　运走垃圾

铲除杂草　石子拣尽　把泥块弄松

然后我浇水　依着锄头看云　等着它来

这园子我早已熟视无睹　对于它

可是一座天堂

1991 年

正午的玫瑰 另一结局

我还以为 这个早晨它必成为一朵玫瑰

最近几日的迹象 表明它正朝着这一结局发展

有理由相信 这个早晨当我拨开那簇新叶

就会看见它披着白纱进入春天的教堂

可事情却令人失望 天气那么成熟 它没有来

或许 还得再等等 我确信

那激动人心的时刻 已不会太远

我谦虚地请教邻居 施肥的方法 整枝的技巧

可是春天已尽 它仍然像一块白色的石头 没有开口

最后它竟然整个地崩塌 春天的小巢

没有飞出预期的青鸟 就这样不声不响 掉在地上

并没有发生地震 也没有装满死水的瓶 守在一边

天空仍旧蔚蓝 阳光一根也没有减少

就这么完结了 一朵高原的白玫瑰 在春天 没有开放

固然在这些日子 花园里也有人被谋杀

一些金色的虫子 误食了毒药而死去

可这和大自然的花朵 又有什么关系

我给它浇水　上肥　并无一丝松懈

相信我　经验证明　这一切只有利于玫瑰生长

啊　那儿本该是它芬芳满园的地方

现在却像一双早已守候在那里的脏手

把这堆小小的尸骸　无动于衷地托住

这双手我相当熟悉　并且一向喜爱

它产于高原　红色　以沉默著称

1991 年

滇　池

在我故乡

人们把滇池叫做海

年轻人常常成群结伙坐在海岸

弹着吉他

唱"深深的海洋"

那些不唱的人

呆呆地望着滇池

想大海的样子

恋爱的男女

望见阳光下闪过的水鸟

就说那是海鸥

从前国歌的作者

也来海边练琴

渴了就喝滇池水

他从来没有想到

有一天他的歌
会被海一样多的人唱着

故乡许多人小时候
都在滇池边拣边花石头
一代一代人
涌来又退去
滇池的花石头
永远也拣不完

有的人还学会了游泳
学会了驾船
后来就到远方去了
在轮船上工作

当过海员的人回到故乡
仍旧把滇池叫做大海

1983 年

黄　河

我在钢铁大桥上看见黄河

阳光汹涌的河流呵

整个中国都听着它流动的声音

无数高山大树轰隆倒下

永远不复出现

天空一片灰黄

只有船夫们的目光

天天起伏在波浪间

两岸的平原　　无际无边

色彩和土地一样贫瘠

只有白杨树叶是绿色的

它弯腰抵抗着什么

难道仅仅是风沙吗

在黄河开拓的土地上

北方的农民在大天空下干活

他们穿着黑布的衣裤

头上裹着白羊肚毛巾

仿佛是上帝洒下的种子

黄河日日夜夜流

流过他们的村庄

流过他们的生命和死亡

1986 年

春天咏叹调

春天　你踢开我的窗子　一个跟头翻进我房间

你满身的阳光　鸟的羽毛和水　还有叶子

你撞翻了我那只穿着黑旗袍的花瓶

安静的处子　等待着你　给它一束具体的花

你把它的水打泼了　也不扶它起来　就一跃而过

惹得外面大地上　那些红脸膛的农妇　咧嘴大笑

昨夜你更是残酷　一把抽掉天空摆着生日晚宴的桌布

那么多高贵的星星　惨叫着滴下

那么多大鲸鱼　被波浪打翻

那么多石头　离开了故居

昨夜我躲在城堡里　我的心又一次被你绑架

你的坦克车从我屋顶上隆隆驶过　响了一夜

我听见你猛烈地攻打南方　攻打那个巨大的鸟笼

像听见了印度智者的笛子　蛇在我身上醒来

可我不能出去　我没有翅膀　也没有根

躲在屋子里　我像一个保皇党　和新季节无缘

离开城堡　我不会获得风的速度　不会像鸟那样大叫

我不会加入树叶　不会成为战车上的一名士兵

呆在老地方　我比所有的鸟都更关心春天

我是世界上最早谈论春天的人　在大地和种子之前

我是声音中最早咏叹春天的声音　在风和北方之前

啊啊　春天　我缝制了裙子来适应你

我把花瓶　排列在世界的长桌上　像乞丐的碗

我的每一根神经　都像刺猬那样张开

我戴上绿色的假发　混进花园

我在二月的一个深夜独坐　为你写作诗章

啊　春天　春天　不懂世故的家伙　天真的笨汉

只要你的花蕾一晃脑袋　你的蜜蜂一亮嗓子

我们的一切就死像毕露　像忍不住的饱嗝

盛着腐水的花瓶　裹着尸体的窗帘

发臭的形容词　僵硬的动词　虚无的名词

在春天　我是最陌生的一个　最不合群的一个

我的身体拒绝长出青草　我的语言中没有春天一词

和树一起生活　我从未见过它如何饮水

和风住在一处　我从未触及它的皮肤

春天　永远只为了它的事情　才把世界搅动

才经过我们的家园　踢开我们的窗户

它并不想把我们的什么部分唤醒　它不懂我们的真理

它拒绝我们的爱　我们的求助　拒绝我们最优美的诗章

我们永远是一群狐狸　指望着下一个三月　下一个夜晚

天空上会挂满金色的葡萄　充满酸味

　　　　　　　　　　　　　　　　1989 年

在云南省西部荒原上所见的两棵树

它们站在蓝色天空的拱门里

像是神子　将要去红色广场上漫游

它们风度各异　一个是浪子　高大年轻

绿色长袍　绣满南方最美丽的树叶

因此从时间的城堡中永远勾引了春天

鸟儿经过此地　必在它的手上停留

为它酌来一杯杯阳光之酒

另一位乌黑如杖

长满月光之毛　它切削夏季的风暴

它把黑风暴的皮子削下

像在削一只汁液充盈的水果

神子　像两棵树一样站在红色荒原中央

那个引领它们从天上下来的人

那个种树者　杳无踪迹

只有我　一个走出人群的漫游者

在云南省西部的山区

在秋天　晴朗而安静的下午

看见两棵树

一棵挂满金红的苹果

另一棵的树梢

蹲着

一只

乌

鸦

空　地

在高山的西面我发现一块空地

它突然出现在大森林的边缘

一张红色地毯　上面绣着白花

仿佛森林女王刚刚举行过盛典

阳光从树叶中飞下来

啄食着那些花草和毛虫

天空　湛蓝　空气像草浆一样甜美

我甚至听到风　在一条泉水上淌过

甚至看见一头豹子在那边饮水

心情极好　我躺在空地之旁

幻想着如何将它利用

盖一幢别墅　挖一个小湖

黄色的小船要系在水边

把妻子接来　我们念书写作

像多次读过的童话那样

作为未来的邻居

我朝那豹子点头微笑

金黄的兽　高贵而严肃

像一枚贵族的纹章

一个月后我开始动手

铲除杂草　开沟挖壕

锯断阻挡道路的大树

围墙筑起　暖气装好

不出半年　我就心满意足

在一个早晨　缓缓拉开紫色的窗帘

朋友和亲戚前来拜访

大家兴高采烈　谈些城里的事情

那头高傲的豹子　再也没有出现

1988 年

春天纪事

从春天的山中

我采回两束野花

一束是我喜欢的山茶

黄茸茸的小蕾

充满春天的智慧

一束是顺手摘下的马缨

为了使我的花瓶

不显得单调

把它们养在瓶里

等着它们开放

我常常去看望山茶

心中充满柔情

有些蕾子已经裂开

像是刚刚醒来的天使

露出洁白的脸蛋

我深信明天早晨

它们就会像一群阳光

照亮我的房间

至于那束马缨

看上去毫无动静

我不再注意它们

任它们自生自灭

春天的晚上

马缨花开了

像是一群村姑

忽然撑开阳伞

暗绿的花蕾

竟飞出金黄的花朵

一朵朵争先恐后

像一群凤凰中的凤凰

我心爱的茶花

却停在空中

一天天老掉

直到叶子落光

也没有开

黄的马缨花

越来越漂亮

一整个星期

都有人来观赏

我默默地站在一边

这样的花色

应该说我也喜爱

只是我已经无动于衷

命中注定在这个春天

它要占据我的花瓶

我只有静静地承受

1986 年

篱 笆

红色山地　大约半亩　在山坡底部

山上是青草　松树和各种蘑菇

圆木搭成的小舍　窗户上挂着一个牛头

门前有柴禾　脚印　狗和一具沾着泥巴的犁

看不见主人　翻开的红土露出肥沃的样子

而溪水的声音　似乎是从山后传来

仿佛是神的寓所　一切都那么美妙

只是有一截篱笆　不在小屋之旁　却在山地中央

歪斜的一小排　大约十多根树枝　用藤子扎成

在那儿　并不能阻拦什么　也没有什么被围住

它或许再退后些许　就可为小屋隔出一圈菜畦

它或许再加长几倍　沿着草和新土的边缘

那就表示占有　可它不在我经验中以为该在的那儿

它被牢固地安插在红色山地的中心　远离一切边缘

它并不是广场上的一尊雕像　不过是一截篱笆

这小屋我在梦中见过多次　我可从未料到

那里　会多出一截篱笆

这令我感到某种不足　很想将它纠正

然而　这一切不干我事

我只是一个过客　稍事逗留

看见了　就得离开

神的寓所　在它的神看来

那儿　那红色山地的中央

就该有一截篱笆

1991 年 5 月

一只蚂蚁躺在一棵棕榈树下

一只蚂蚁躺在一棵棕榈树下

三叶草的吊床　把它托在阴处

像是纽约东区的某个阳台

下面有火红色与黑色的虫子

驾车驶过高速公路和布鲁克林大桥

这蚂蚁脑袋特大　瘦小的身子

像是从那黑脑袋里冒出来的嫩芽

它有吊床　露水和一片绿茸茸的小雾

因此它胡思乱想　千奇百怪的念头

把结实的三叶草　压得很弯

我蹲下来看着它　像一头巨大的猩猩

在柏林大学的某个座位　望着爱因斯坦

现在我是它的天空

是它的阳光与黑夜

但这虫子毫不知觉

我的耳朵是那么大　它的声音是那么小

即使它解决了相对论这样的问题

我也无法知晓　对于这个大思想家

我只不过是一头猩猩

1987 年

昨夜当我离去之后……

昨夜在云南高原

我和一群大树呆在一起

我们并不相称

我是附着在世界表面的植物

说不定什么时候　就被一阵风带走

而它们和大地血肉相连

它们是大地的手

这个夜晚非常美丽

我们没有工夫去想这些

我们看着一颗颗金的葡萄

脱离黑色的叶子　落进篮子般的山谷

我们靠得很近　观察世界

有着同样心情

直到深夜我才离开大树　回屋睡觉

这一夜特别好睡

天亮后我发现高原已被踩得稀烂

大树们像一群遭到毒打的鸵鸟

羽毛掉下了很多　　树枝也有伤残

昨夜当我离去之后

它们一定有过某种经历

它们是凶手还是受虐者

我永远不会得知

1990 年

避雨的鸟

一只鸟在我的阳台上避雨

青鸟　小小地跳着

一朵温柔的火焰

我打开窗子

希望它会飞进我的房间

说不清是什么念头

我撒些饭粒　还模仿着一种叫声

青鸟　看看我　又看看暴雨

雨越下越大　闪电湿淋淋地垂下

青鸟　突然飞去　朝着暴风雨消失

一阵寒战　似乎熄灭的不是那朵火焰

而是我

1990 年

在马群之间

我奔跑在两群马之间

马群　在黑夜残余的阴影中的一群

在血红的霞光中的另一群

中间是草

就在这开阔的草地上

我摆动着四肢

不断地调整动作　把身子舒展

我要完全进入一匹马的状态

我曾经多次观察过马

在马儿出现的一切地方

现在我奔跑在两起马群之间

马群　为黎明的草叶所凝固的马群

静止的火焰　黑压压的一片　红压压的一片

当我跑过它们之间的时候

它们像观众那样扬起头来

我要跑得更加优美

我要在它们合拢过来之前

从它们中间穿过

1989 年 11 月

一只蝴蝶在雨季死去

一只蝴蝶在雨季死去　一只蝴蝶

就在白天　我还见她独自在纽约地铁穿过

我还担心　她能否在天黑前赶回家中

那死亡被蓝色的闪电包围

金色茸毛的昆虫　阳光和蓝天的舞伴

被大雷雨踩进一摊泥浆

那时叶子们紧紧抱住大树　闭着眼睛

星星淹死在黑暗的水里

这死亡使夏天忧伤　阴郁的日子

将要一直延续到九月

一只蝴蝶在雨季死去

这本是小事一桩

我在清早路过那滩积水

看见那些美丽的碎片

心情忽然被这小小的死亡击中

我记起就在昨夜雷雨施暴的时候

我正坐在轰隆的巨响之外

怀念着一只蝴蝶

1987 年

黑　马

在十一月　在冬季的一天

一匹黑马　站在蔚蓝的天空下

秋天已经运走　大地一片空阔

它站在世界的中心

夏季的青铜所铸成　黑色的光芒

来自非洲　来自尼罗王的皇冠

它站在我的道路之外

啃啮着那片荒原

当我眺望它时　似乎我的生命

也成为它嘴下的青草

种马　皮子紧绷　充满生命的汁液

拳王阿里为此奋斗一生

只到达了几秒　就永远萎缩

它一动不动　周身闪着黑色的光芒

只要它一跃而起

大地就会快乐地呻吟

天生的雄性　可以率领马群

也能够创造马群

它站在我的道路之外　啃啮着那片荒原

一动不动　悠闲自在

而渴望驰骋的却是我

啊　像一匹马那样驰骋

黑马　你来看电视　我来嚼草

它站在我的道路之外　对我无动于衷

对它自己无动于衷　它在嚼草

周身闪着黑色的光芒

仿佛它是一个放牧者　一个牛仔

世界以及我　都是它的马群

或许我可以走过去　拿着鞭子　一跃而上

但那是另一回事　一种儿戏

不　永远不能　它从来就不是坐骑

它是马　一匹黑马

一声长嘶　瞧它撕开天空

阳光纷然坠下　世界一阵晕眩

它站在我的道路之外

另一个宇宙　我永远无法向它靠近

1987 年 11 月 22 日

灰　鼠

不请自来的小坏蛋

在我房间里建立了据点

神出鬼没　从来不打照面

晚上在电视里看到你的大名

和唐老鸭并列　方知你是明星

我再也不得安宁了

灰鼠已来到我的房间

像是一个瘤子　已长在我身体内部

多次去医院透视　什么也没有查出

我的馒头被锯掉一半

我的大米有可疑的黑斑

到底作案者是谁

我开始小心翼翼　竖耳谛听

听听衣柜　听听地板

我当然搜到那细小而坚硬的声音

可我无法断定

你小子是在咬我心爱的衬衣

还是在啃外公留给我的古玩

你总是轻溜溜地走动

似乎出于对我的关心

从前外祖母也喜欢如此

在深夜　悄悄下床　关好风中的窗子

你在蛋糕上跳舞　在药片上撒尿

把我的好书咬得百孔千疮

但毕竟你不知道什么会响　什么不会

于是撞翻瓷器　又跳过某个高度

居然造成一回地震

吓得我从梦中逃出　踮起脚尖

又不能勃然大怒

还必须干得比你更轻

从床头摸到书架　担心着被你听见

似乎你正在写作　不能打扰

我比你笨拙　终于撞倒了椅子

我惶惶然东张西望　显得心中有愧

其实你小子或许已酣然睡去

喝了牛奶　换了一个套间

你在暗处　转动着两粒黑豆似的眼珠

看见我又大又笨　一丝不挂　毫无风度

你发现我在夜里的样子

你保持沉默　这一点和父亲不同

这种品德　使我深觉难堪

我终于不能忍受　乱敲乱捅

我决定彻底搜查　把你逮捕　处死

但一看到周围这些庞大无比的家具

那些隐藏在无数什物中的掩体

我就心烦意乱　茫然失措

只好放弃行动

外面都以为我独处一室

必定神清思静　潜心学问

其实我担惊受怕　避免出门

一下班就匆匆回家

一进门就打开柜子　打开箱子

检查那个不露声色的家伙

又干了些什么勾当

　　　　　　　　　　　　1988 年 9 月 15 日

对一只乌鸦的命名

从看不见的某处

乌鸦用脚趾踢开秋天的云块

潜入我的眼睛上垂着风和光的天空

乌鸦的符号　黑夜修女熬制的硫酸

咝咝地洞穿鸟群的床垫

堕落在我内心的树枝

像少年时期在故乡的树顶征服鸦巢

我的手再也不能触摸秋天的风景

它爬上另一棵大树　要把另一只乌鸦

从它的黑暗中掏出

乌鸦　在往昔是一种鸟肉　一堆毛和肠子

现在　是叙述的愿望　说的冲动

也许　是厄运当头的自我安慰

是对一片不祥阴影的逃脱

这种活计是看不见的　比童年

用最大胆的手　伸进长满尖喙的黑穴　更难

当一只乌鸦　栖留在我内心的旷野

我要说的　不是它的象征　它的隐喻或神话
我要说的　只是一只乌鸦　正像当年
我从未在一个鸦巢中抓出过一只鸽子
从童年到今天　我的双手已长满语言的老茧
但作为诗人　我还没有说出过　一只乌鸦

深谋远虑的年纪　精通各种灵感　辞格和韵脚
像写作之初　把笔整枝地浸入墨水瓶
我想　对付这只乌鸦　词素　一开始就得黑透
皮　骨头和肉　血的走向以及
披露在天空的飞行　都要黑透
乌鸦　就是从黑透的开始　飞向黑透的结局
黑透　就是从诞生就进入永远的孤独和偏见
进入无所不在的迫害和追捕
它不是鸟　它是乌鸦
充满恶意的世界　每一秒钟
都有一万个借口　以光明或美的名义
朝这个代表黑暗势力的活靶　开枪
它不会因此逃到乌鸦以外
飞得高些　僭越鹰的座位
或者降得矮些　混迹于蚂蚁的海拔
天空的打洞者　它是它的黑洞穴　它的黑钻头

它只在它的高度　乌鸦的高度

驾驶着它的方位　它的时间　它的乘客

它是一只快乐的　大嘴巴的乌鸦

在它的外面　世界只是臆造

只是一只乌鸦无边无际的灵感

你们　辽阔的天空和大地　辽阔之外的辽阔

你们　于坚以及一代又一代的读者

都是一只乌鸦巢中的食物

我断定这只乌鸦　只消几十个单词　就能说出

形容的结果　它被说成是一只黑箱

可是我不知道谁拿着箱子的钥匙

我不知道是谁在构思一只乌鸦藏在黑暗中的密码

在第二次形容中它作为一位裹着绑腿的牧师出现

这位圣子正在天堂的大墙下面　寻找入口

可我明白　乌鸦的居所　比牧师　更挨近上帝

或许某一天它在教堂的尖顶上

已窥见过那位拿撒勒人的玉体

当我形容乌鸦是永恒黑夜饲养的天鹅

一群具体的乌　闪着天鹅之光　正焕然飞过我身旁那
　　片明亮的沼泽

这事实立即让我丧失了对这个比喻的全部信心

我把"落下"这个动词安在它的翅膀之上

它却以一架飞机的风度"扶摇九天"

我对它说出"沉默" 它却伫立于"无言"

我看见这只无法无天的巫鸟

在我头上的天空中牵引着一大群动词　乌鸦的动词

我说不出它们　我的舌头被这些铆钉卡住

我看着它们在天空疾速上升　跳跃

下沉到阳光中　又聚拢在云之上

自由自在　变化组合着乌鸦的各种图案

那日我像个空心的稻草人　站在空地

所有心思　都浸淫在一只乌鸦之中

我清楚地感觉到乌鸦　感觉到它黑暗的肉

黑暗的心　可我逃不出这个没有阳光的城堡

当它在飞翔　就是我在飞翔

我又如何能抵达乌鸦之外　把它捉住

那日　当我仰望苍天　所有的乌鸦都已黑透

餐尸的族　我早就该视而不见　在故乡的天空

我曾经一度捉住过它们　那时我多么天真

一嗅着那股死亡的臭味　我就惊惶地把手松开

对于天空　我早就该只瞩目于云雀　白鸽

我生来就了解并热爱这些美丽的天使

可是当那一日　我看见一只鸟

一只丑陋的　有乌鸦那种颜色的鸟

被天空灰色的绳子吊着

受难的双腿　像木偶那么绷直

斜搭在空气的坡上

围绕着某一中心　旋转着

巨大而虚无的圆圈

当那日　我听见一串串不祥的叫喊

挂在看不见的某处

我就想　说点什么

以向世界表白　我并不害怕

那些看不见的声音

1990 年 2 月

102

在丹麦遇见天鹅

它牵着黑夜的大船来了　它是头

后面是羽毛　城堡　海岬　岩石

它贴着水皮划过桥洞

给我涂上夜晚的面具

成为它统辖的一员

样子可爱　必有人为它动心

在过去　在此刻　在将来

但我不行　一个小小的灾难

它遇上了一个无动于衷的人

此人不懂得如何去赞美一只天鹅

不知道关于它　有哪些典故

是怎样的心情　该油然而生

如果这是一只夜莺　我或许有话要说

可是天鹅　尽管它样子古老

甚至还　带来了一座更古老的城堡

尽管　它在黑暗中　已确立了一个永恒的

白昼的位置　或许还接近天使

我还是无话可说　要说点什么的话

我只能说它长得比鸭子更肥些

如果烤一烤　加些盐巴　花椒　味道或许不错

可是天鹅啊　我虽对你有些不恭的小心眼

但现在我记住了你　你不再是纸上的名词

你一张翅膀　飞腾起来　越过海岬

为我留下黑暗

1996 年 11 月 11 日　哥本哈根

赞美海鸥

灰色的湖　冬天的舌头　海鸥在啄食着午餐

它们来自一九八五　忽然看上了　这高山之巅的城市

年年飞来　从西伯利亚的大海边　穿越国家的围墙

降落在南方以南　马缨花的光芒里　我猜测着　这一
　　事件

与上帝的联系　这种事肯定属于他的工作范围

有些神秘的意味　我从未见过上帝　但我经历过人民
　　攻击他的

革命　可以改造国家　思想　甚至宣布上帝已死

但革命　无法改变一只海鸥越冬的路线　它无法像旧
　　俄国的皇帝

流放　一只北方海岸的鸟　在下一个冬天　前往四季
　　如春的云南

何况这是一万只　一场白色的生物学的风暴

一群偷袭高原的伞兵　带来的不是纳粹主义　而是天
　　使的裙子

这个城市有事了　它将出现另一类诗人　他们将在下

一次

革命的前夜　将海鸥纳入先锋派的美学系统　前往工
　人阶级的冬宫

此事当然也可以纳入灵魂的范畴　另一类现成的比喻是
内心的抽象羽毛　打通了翅膀上　血流如注的毛孔
一根根　在生命的黑暗中　插上去
犹如根插进了亚热带雨季的红土壤　犹如
发情的僧侣插进了女仆的被窝　犹如光芒插进了太阳
然后在灿烂的白昼　张开双翼　飞出去　哦　那漫天
　飞翔的鸟
是羁押在我内心的叛徒　是我嘴唇后面被镇压的起义

一只海鸥就是一次舒服的想象力的远行　它可以引领
　我抵达
我从未抵达　但在预料之中的天堂　抵达
我不能上去　但可以猜度的高处
十只海鸥就可以造就一个抒情诗人
一万只海鸥之下　必有一个诗人之城

但从未有人注意过这生物的细枝末节
比如　它那红色的　有些透明的蹼

是如何猛扑下来　抓牢了大地的

一点点

也许它们早已和文学史上那些已被深度抒情的益鸟无关

高尔基已死　他的海燕已死　那个二十年代的象征已死

死了　旧世纪命名一只海鸥的方式

事实上　只要把目光越过海鸥这个名称

就可以看出　它们是另一类鸟

1997 年 1 月 24 日

鱼

它在深处　不是被我们叫做深沉的那里

不是　这动物早就越过这些浅水

在更深之处　进入令人不安的阴谋

在那黑暗的表面

水像盲人那样微笑着

哦　有什么不可告人？

恍兮惚兮　我们创世的手　被挡住

被挡住　我们浸透盐粒的目光　我们窥望秘密的孔

那时它把那些最深处的颜色　那些粘附着深度的鳞

衔到距我们很近的地点　我们听到它拨水的声音

令人心痒的声音　伸手可及的距离

我们的线却那么软弱

生命费力地垂向那儿　一根草

永远悬浮在半明半暗的地带

我们渴望被"深"死死咬住

渴望那充满快感的下坠

几千年　我们一直守在海边

现在好啦　一切都成为案板上的活计

那么具体　那么简单　双手　像水那么合拢

把这深不可测的紧紧逮住

多好的鱼　鱼刺像希腊人的牙签那么白

可以剔净我们身上干掉的那些　搁浅的那些

它在案板上弯曲着　张开了一排排尖刺

它跳起来　尾巴在水泥地上撞出了血

我们确信　用不了几下　就能制服它

按下头　抠住鳃

潜伏在日常器皿中的凶器　水果刀杀机毕露

把那层黑光刮掉　刀子　无比快活地戳进它的肚皮

我们目睹它收缩　伸直　挣扎

在最疼的时候　它也守口如瓶

切它　戳它　把蓄谋已久的革命　施在它身上

划开　把那些让我们手痒的　令我们疑惧的

把那些隐蔽在黑暗中的隐私

把那些附着在它内脏上的暗语

把那些装配了它的深和它的咸的零件

——掏出　通统掏出

瞧　它交代了　坦白了

它的肉　它的刺　它的腌过的心和苦胆

现在　我们开始考虑火候　生姜和大葱

当我们兴高采烈　把海味抬向灶台

这个死者的鳃壳忽然又张开了

灰暗的岩石下　两片火苗在顽固地呼吸

我们双目发怔　顷刻

全身已被黑暗和冰凉所浸透

迅速散开　上岸　再次握紧刀子

仿佛面对一片陌生的海域

良久　我们不敢碰它

后来它再也不动　成为这次晚餐的一员

正像一条死鱼那样　它躺在圆桌中央

周围是蓝色瓷器　青铜汤勺　另一些肉

以及　端坐如仪的我们

1997 年改定

寓言·出埃及记

彗星在黑暗中摇滚　神的剑高悬苍穹

科学日复一日地警告　不祥的阴谋　已潜伏在脚下的
　　某处

某年某日　城市将毁于地震

看不见的撒旦之手　将要摇晃人类的盒子

装满智慧　爱情　欢乐　疾病　罪恶的盒子

伟大的头颅以及他的支架将要倒下　忧伤的手帕和她
　　的阳台将要倒下

死囚和他的绞刑柱　不朽的巴洛克天空　花岗石　火
　　焰　玫瑰

青铜或钢铁的建筑史　都要倒下　像一叠多米诺骨
　　牌　倒下

没有一只钟能够幸免　没有一张图纸能够躲开

即将毁灭的城　趴在它的死亡之上　动弹不得

发明了橡皮救生圈的泳者　在远离水的生活中　忘记
　　了游泳

神并不苛刻　它分开海水　指出生路

简单的办法　就是抛弃城邦　离开这死神的摇篮

啊　让我们从现成品中离开　从建筑中离开

啊　让汉语离开长城　让希腊语离开雅典

电视和报纸　都在预测那个忌日　星期五　还是农历
　　初三

人们对地震议论纷纷　但只要此刻还活着　就只是说
　　说而已　并不相信

还有比死亡更重要的　如果所有的人都要死　死又有
　　什么关系　一个人活下来

没有哲学　没有美学　没有音乐　没有新闻　没有警
　　察局　没有工作单位　又怎么活？

同一城市的住户　对事情的看法并不一致　有人抢购
　　人身保险

有人搭简易帐篷　有人储存大米和绷带　演习卧
　　倒　加固住房

那时作为诗人　当一万头老虎在地下集结　我为我的
　　千年之城击鼓而歌

"钻石在黑暗中舞蹈　命令它为我显现光芒"

大多数人并不信邪　照旧蒙头大睡　我们还来得
　　及　我们还有法子

我们知道地震　我们见过它的照片　我们理解一条腿

和一截树干有什么区别

我们知道一只老鼠的血和一个人的血有何不同

而这些都是另一个年代的疼痛　另一座城的疼痛

是图片和文字的疼痛　是倒叙和感叹号的疼痛

我们还有时间　我们的大地多么实在　我们的地桩扎
　　得很深

无数的死亡都曾经从这里被抬走　不　我不能随便就走

我的胃还在冰箱中　我的舌头还在字典里　我的眼睛
　　还镶在一扇窗子上

我的手还在攥着　我的脚还在支撑着　我的脸　还挂
　　在墙上　我的耳朵还躺在音箱里

我的心还在一株玫瑰中幸福而忧伤地生长

这一切要安装完全　仅仅作为一个动词使用　起码十
　　年才能交件

人不可能只带着几颗牙齿就上路　某年某日　谁知道
　　是什么时候

是十分钟之后吗　是十年之后吗

让我们还是解次小便　拉好被子　裹好脚　把梦从左
　　边翻向右边

百万居民　只有老鼠离开了　灰耳朵的先知　雷达世
　　界幸存的听觉

神谕直达肉体　它们不信任固若金汤的城池

啊　黄金垒垒的城邦　屹立千年

支撑过九个帝国　三次革命　数百回战争

拓荒者　从前孑然一身　混进我们的帐篷　后来娶妻
　　生子

成为本市人口最多的家族　文盲　代代相传的　除了
　　牙齿还是牙齿

一生都在争取绿卡　但永远被拒之门外　现在一切都
　　无所谓了

从食品柜中取出那几个牙齿　放弃了足够享用一生的
　　奶油

小爪子拍掉头上的灰　走出了老巢

这些面粉上的脚印　奶油上的污点　这些一伸一缩的
　　脖子　这些瘟疫丛生的短毛

这些阴暗顶棚上的窃窃私语　这些丑陋畏缩的脸谱
　　　这些扒手

这些红地毯上一向鬼鬼祟祟的影子　这些被卫生法通
　　缉在案的地下党员

跳出来　跳出来　公开跳出来　灰老鼠跳出来　白老
　　鼠跳出来

黑老鼠　红老鼠　金老鼠　一只又一只　一伙又一伙

全部跳出来　潜伏的队伍　从各种墙体中暴露

像　一　颗　颗　葡　萄　跳　到　大地上

沿着黑夜腾空的大街　从那些棍子中离去　从那些捕
　　鼠器之间离去

从那些贬义词中离去　在大街的中央　像是在报纸的
　　第一版　昂首阔步　大摇大摆

最后一位鼠辈　也从我们的字典中逃之夭夭　一跛一
　　跛地穿过了广场

死亡之城　精灵们已经离开　仿佛耳朵内部的神经一
　　根一根断掉

那只响了千年的　索索嗒嗒的老曲子

我们听觉中与大地最接近的部分　停了

卫生的城　世界的梦想之一　现在实现了　老鼠全歼
　　的美

像一只死掉的大蛋糕　被抛弃在桃花心木的桌子上

我们再也听不出谁是铁　而谁是棉絮　在保险箱一样
　　的静中

没有老鼠的城　终于睡着了

厨房和衣柜睡着了　脚睡着了　面包和香油睡着了
　　　　毒药睡着了

图书馆睡着了　布睡着了　下水道和电睡着了　钟睡
　　着了

道路睡着了

老鼠们已经出了十里长街　绕过了市政府门前的铜像

在郊区　它们一齐回过头来

先知　在召唤我们开路

果子要离开树　水要离开河床　石头要离开山

离开你们拿在手上的　离开你们踩在脚下的

离开你们举在头顶的　离开你们挂在心上的

多么可怕的召唤　多么猖獗的说教

难道要叫清洁卫生的时代

在夜半三更　跟着老鼠前进？

彗星在天上摇滚　神的剑高悬在大　大地就要震撼

　　末日已来临

那一日的历史记载　某年某日　城毁　活人无一幸免

那一日的历史没有记录：

某月某日　老鼠们灰溜溜的队伍　在该城郊外三十公

　　里的国道附近

尾巴衔着尾巴　泅过了蓝色波浪的大河　登陆　跟着

　　神　返回了太初　返回了山野和空地上的老家

1985 年旧作

1994 年 1 月 17 日再改

哀滇池

1

在这个时代　日常的生活几乎就等于罪行
谁会对一个菜市场的下水道提出指控？
上周末　在圆西路　夏季上市的蔬菜之间
嗅到一些马鱼的气味　犹如鱼贩的刀子
割开了一个包藏着黑暗的腹部
我呆立在构思着晚餐的人群里
一条冰冻的鱼　听不见了声音
要茄子还是牛排　我不懂
有人投过来只用于疯子的惊愕

沿着微光　向那有气味的方向去　被解冻
进入了回忆之水　从我的漩涡中
黑暗拆散　一个湖蒸发起来　光辉中的澡堂
出现了光唇鱼、沙滩和狐尾藻
红色的高原托着它　就像托着一只盛水的容器

万物　通过这一水平获得起源

周围高山耸立　犹如山神倮倮　在垂青地上的酒

河流从它开始　淌到世界的下面

落叶乔木和野兽的水罐

在土著人的独木舟中　坐着酋长的女儿

天空上白云堆积　总是被风一片片切开

像没有天鹅领头的　自由羽毛

静静的淡水　沙鸥永远向着一日的终点飞行

当它停下来　就像芭蕾舞先知

在虚构的镜子上　折弯一只芦苇

南方之岸是滇青冈林和灌木丛

北方之岸是神话和民歌

东面的岸上是红色的丘陵和盆地

西面的岸上是洞穴和孔雀

到处是钻石的语词

到处是象牙的句子

到处是虎豹的文章

哦　上帝造的物

足以供养三万个神

足以造就三万个伊甸园

足以出现三万个黄金时代

2

一片混杂着鱼腥味的闪光……镀铬的玻璃

圣湖　我的回忆中没有水产　只有腐烂的形容词

我像一个印第安人那样回忆着你的鱼洞

……虚伪的回忆　我的时代并不以为你神圣

那一年　在昆明的一所小学　老师天天上语文课

教会我崇拜某些高尚的语词　崇拜英雄　但从未提到你

在人民的神之外　我不知道有另外的神……

在课外　文盲的外婆告诉我　你在故乡的附近

像是说起　她预备多年的柚木棺材

我终于去了　或迟或早　昆明人总有一天　要去滇池

一个群妖出没的日子　世界上的一切都渴望着裸体

尾随着　水灵灵的母亲　下水　我不怕水

我是无所畏惧的小无神论者

用捏造着水族的手　用繁衍着卵巢的身体

用敞开着无数生路的黑暗之液　接纳我

夏天是你的内容　我和母亲　是你渺小的内容

在童年的哲学中　我自然地迷信地久天长

我知道我会先于你死去　你是大地啊

我亲爱的妈妈　所有我热爱过的女人们　都会先于你死去

在死亡的秩序中　这是我惟一心甘情愿的

你当然要落在最后　你是那更盛大的　你是那安置一切的

母亲　幼儿园　房子　萤火虫和旋转木马　都漂起来

我像水生的那样　在你柔软的触须中弯曲

穿过　一册册棕色的海带　石头鱼的翅膀在我的脚趾间闪烁

珍珠一串串从我的皮肤上冒出来

墨绿色的轮藻像岛屿的头发　缠绕着脖子

我双腿发光　有如神殿的走廊　有如纯洁的苔藓

但后来我在恐惧中爬上岸来　我感觉到你在里面

我看见你建筑在黑暗中的庙宇　你的冰冷的柱廊

我看见你在深渊中　用另一种时间主宰

我像一个被淹死过的　脸色惨白　说不出话

我不知道如何告诉他们　你在

那一年我还是在校的学生

我写不出关于你的作文

在干燥的词典中　你是娱乐场　养鱼塘　水库

天然游泳池　风景区　下水道出口

谁说神灵在此？

但你的诱惑无所不在　衣服一日日增多

从你　我随时可以返回赤裸　放浪形骸

多少个一丝不挂的夏天　落伍于时代的语文

整日在你的山野水滨漫游　像一头文盲的水鹿

遇水即涉　逢山就登

在时间的圆周之外

多次　我遭遇永恒

3

一些长着毛的痕迹　一个空空的水池　淌着生病的水

宰割鳝鱼的四川人　用血淋淋的手

把黏糊糊的一团　塞进塑料袋　像一个肺

慢慢地膨胀起来　吐出了新鲜的腥气

这气味我太熟悉　它和水妖的儿子有关

六六年的夏天　他精着屁股　站在我旁边

渔竿架在芦苇上　他的苞谷面比我的揉得好

鱼只往他的钩上去　这边一动不动

水底下总是有什么在闪　令人心痒

又是一条　他的波纹使我第一次体验了嫉妒

下午我们跳进水　小嘴说　鱼在咬他的小腿

我乘机破坏了他的窝子　在黄昏的微光中

沿着波浪新做的岸　我们经过天堂回家

我曾经乘着木船　从灰湾经过草海　在那儿我发现

神殿　就在船底下　仙女们的眼睛闪闪发光

伸手可触　上面粘着红鲤鱼的绒毛

在牛恋乡　打鱼人告诉我　此地诞生过无数的祖母

每年七月　她们会坐着莲花　出现在湖边

当西风打击大地　我看见你扭曲起来

像被暴力撕破的被窝　露出一排排白色的棉絮

但我游过你深藏在水下面的心

发现它坚定　平衡　与海一致

当你安静下来　就沿着落日的脊背　滑下

像一匹深蓝色的　无国籍的旗帜

把帝国坚硬的一隅　覆盖

在白鱼口附近　从光脚板开始

我像傣族女人那样蹲下　俯伏到你温存的身体中

我曾经在西山之巅　听到过月光之锤在午夜敲打高原的声音

我曾经在晋宁城外　一个中国寺院的后庭

远远地看见你嵌在世界的黑暗里　泛着黄金之波

啊　滇池　你照耀着我

我自命是第一个　用云南话歌颂你的那个人

4

从清开始　进入更清　体型在液体中拆散　变形

向着鱼类的生涯靠拢　　在玻璃的迷宫飞行

通过四肢　　青春得以从死亡中逃脱

我学会了一件大事　　游泳

我的世界越过固体的边界

深入大陆以外　　我是水陆两栖人

一万次跳进滇池　　在膨起的波峰间穿梭

像穿过一只只丰满的乳房

在暖流或寒流的活页中舞蹈

体验着不朽的爱情之马

在无人之境　　兴波作浪

透明者纷然破裂　　但在后面　　镜子立即弥合

又在前方敞开　　侵入者不会被划破

你是镜子　　通往虚无的边界

又是具体的潮湿　　液态　　浮力　　深度　　冷暖

歪曲正规的线条　　破坏既定的水准

向下　　进入不能呼吸的黑暗　　向上　　张开野兽的嘴

在一条黑尾鲫的耳朵旁边　　喝一口活水

在有形中体验无形的自由

在国家的统治之外　　开辟超现实之路

你引领着我的肤浅和纵深

温暖就温暖　　冰冷就冰冷

抽筋就沉下去　　你从不虚报水文

青年时期我的情绪反复无常　拜伦的海

夸张的变形是为了脱颖而出

喧哗与骚动　颓废与孤独　你一直在场

一次次在岸上撞得粉碎

又一次次在你的接纳中复原

你是一份默契　一个常数　一个圆

一个我不能制造的容器

十六岁我有十六个水淋淋的世纪

十六岁我有十六个健美的朋友

十六岁我有十六个光辉的夏天

生命的希腊时期　裸体　健康　结实

在人群中　我的皮肤呈现为棕色

5

那些棕色的时间　永远地从我的皮肤中失去了

那些水生的语词　用普通话无法寻找

目前我是一个经常使用肥皂的胖子

气喘吁吁　盘算着什么菜维生素会多

记性中尽是漏洞……　一根铸铁的瘘管

我不知道在它后面的是谁的大脑

死海味的污血　污染了我的鞋跟

我看见死神　坐在黄色的船上看着我

我再也想不起你的颜色　你是否有真过那些

湖蓝　碧蓝　湛蓝　深蓝　孔雀蓝？

怎么只过了十年　提到你　我就必须启用一部新的词典

这些句子　应该出自地狱中文系学生的笔下

"从黑暗中　那个坑抬起患着麻风病的脸

在星空下喘息　没有人游泳　也没有受孕的鱼

有人在工厂的废铁场后面　挖着死老鼠"

发生了什么可怕的事

为什么天空如此宁静？太阳如此温柔？

人们像什么也没有发生一般　继续着那肥沃的晚餐？

出了什么可怕的事？

为什么我所赞美的一切　忽然间无影无踪？

为什么忽然间　我诗歌的基地

我的美学的大本营　我信仰的大教堂

已成为一间阴暗的停尸房？

我一向以你的忠实的歌者自封

我厌恶虚构　拒绝幻想

哦　出了什么事　我竟成为

一个伪善的说谎者

我从前写下的关于你的所有诗章
都成了没有根据的谣言！

我沉思过死亡　我估计过它可能出现的方向
我以为它仅仅是假惺惺地　在悲剧的第四幕里姗姗来迟
我以为它不过像通常那样　被记录于某个凶杀案的现场
我以为　它不过是　从时间的餐桌上
依照着上帝的顺序　一个个掉下来空罐头盒
谁曾料到　此公　竟从永恒的卧室中到来？
不是从那些短命的事物　不是从那些有毒的恶之花中
死亡啊　在我们所依靠着的　在我们背后
在接纳着一切的那里下手
永恒　竟然像一个死刑犯那样
从永恒者的队列中跌下
坠落到该死的那一群中间
哦　千年的湖泊之王！
大地上　一具享年最长的尸体啊
那蔚蓝色的翻滚着花朵的皮肤
那降生着元素的透明的胎盘
那万物的宫殿　那神明的礼拜堂！

这死亡令生命贬值
这死亡令人生乏味

这死亡令时间空虚
这死亡竟然死亡了
世界啊　你的大地上还有什么会死？

我们哀悼一个又一个王朝的终结
我们出席一个又一个君王的葬礼
我们仇恨战争　我们逮捕杀人犯　我们恐惧死亡
歌队长　你何尝为一个湖泊的死唱过哀歌？
法官啊　你何尝在意过一个谋杀天空的凶手？
人们啊　你是否恐惧过大地的逝世？

哦　让我心灵的国为你降下半旗
让我独自奔赴你的葬礼！
神啊　我出生在一个流行无神论的时代
对于永恒者　我没有敬畏之心
我从你学习性灵与智慧　但没有学会敬畏与感激
哦　黑暗中的大神　我把我的手浸入你腐烂的水
让我腐烂吧　请赐我以感激之心　敬畏之心
我要用我的诗歌　为你建立庙宇！
我要在你的大庙中　赎我的罪！

诗歌啊
当容器已经先于你毁灭

你的声音由谁来倾听？

你的不朽由谁来兑现？

诗人啊

你可以改造语言　幻想花朵　获得渴望的荣辱！

但你如何能左右一个湖泊之王的命运

使它世袭神位　登堂入室！

你噤声吧　虚伪的作者

当大地在受难　神垂死　你的赞美诗

只是死神的乐团！

回家吧　天黑了　有人的声音从空心菜和咸肉那边传来

我醒来在一个新城的夜晚　一些穿游泳衣的青年

从身边鱼贯而过　犹如改变了旧习惯的鱼

上了陆地　他们大笑着　干燥的新一代

从这个荒诞不经的中年人身边绕过

皱了皱鼻头　钻进了一家电影院

1997 年 1 月、5 月至 6 月 6 日、

6 月 7 日、8 月 13 日、8 月 17 日

卷二

傍晚的边界

米罗画册

光线不足的早晨

大街上翻滚着十二月的废纸

坏天气和坏风景的预兆

北纬 38°的城

暴风雪将要袭击所有建筑物

他走进一家书店

没有读者的书店

他向一只调色盘购买了米罗画册

然后走开　全城都是手套　围巾

棉袄　人们行动迟缓　听天由命

只有他走得最快

那是一种晴朗的速度

他不是要进入气温正在下降的时间中去

他在离开这里　离开这个坏天气

离开这个绝望的世界　他自己拥有一个太阳

一种温度　就像米罗的那条线

他斜着穿过了街道

1983 年

在漫长的旅途中

在漫长的旅途中
我常常看见灯光
在山岗或荒野出现
有时它们一闪而过
有时老跟着我们
像一双含情脉脉的眼睛
穿过树林跳过水塘
蓦然间　又出现在山岗那边
这些黄的小星
使黑夜的大地
显得温暖而亲切
我真想叫车子停下
朝着它们奔去
我相信任何一盏灯光
都会改变我的命运
此后我的人生
就是另外一种风景

但我只是望着这些灯光

望着它们在黑暗的大地上

一闪而过　一闪而过

沉默不语　我们的汽车飞驰

黑洞洞的车厢中

有人在我身旁熟睡

1986 年 10 月

我梦想着看到一只老虎

我梦想着看到一头老虎

一头真正的老虎

从一只麋鹿的位置　看它

让我远离文化中心　远离图书馆

越过恒河　进入古代的大地

直到第一个关于老虎的神话之前

我的梦想是回到梦想之前

与一头老虎遭遇

1994 年

有一本书已经在这个城市出版

有一本书已经在这个城市出版
脱离了那个精疲力竭的撰稿人
像一罐蜂蜜或者药物那样上市
一本书　三十二开
两百页　二十万汉字
有着读者梦想中的封面
有着读者想象不出的内容
明天　将在所有书店出售
这个城市将面临灾难还是幸福
这些读者将获得智慧还是愚昧
作者不能预测　书店无法预告
但可以保证　那个精疲力竭的
撰稿人　真的是像蜜蜂一样
根据永恒的秘方　流着汗
一笔一划　一个字一个字地
写成

预　感

我预感到死亡正在我周围发生

死亡已近在咫尺　那儿　街道左侧的红色牌子

将地狱的范围清楚地标示

龙舌兰大街　西至东　1500 米

那是我心灵的长度　那是我经验的范围

那是我故乡的大道　它已被死亡占领

豹子没有出现　狮子和母狼没有出现

但丁先生　救我！无人回应

公司的玻璃一片漆黑　没有影子

一辆白色的自行车　被软锁锁住

母亲的拖把从阳台上垂下　父亲闪烁着白光

我预感到我将要死去　97 号　3 幢 301

那就是我的终点　但我已无法选择另一条道路

所有的道路　都引领我回到出生的寓所

我只有继续向前　直到被死亡　证实

1994 年 5 月 2 日

傍晚的边界

这些树出现于傍晚的边界

歪歪斜斜的枝干　泛着苍白　犹如森林的假肢

在后面　少数树叶还依稀可见　其它的

已经被涂上了黑夜的唇膏

越过朦胧　可以辨认出这是些桉树

尚未长成高大　像少年　营养不良的青春

为世界　留出了想象的余地　如果从它们之间

穿过　某种忧郁　也许并非忧郁　会深深地感染我

像这些树那样　由于自然光的变化

而不是由于生活之恶　或善

忧郁着　或不　并不容易

应该说　这些树　和我遭遇它们的时刻　相当动人

它们恰如其分　体现出我梦想的某种场景

某种可以在死亡之外歇一歇的　阴森

但我立即就联想起一桩捆在树上完成的凶杀

联想起粘着石灰的绳索　剥掉皮的腓骨

联想起一张旧照片上　犹太少年的牙齿

联想起性压抑的公园　椅子上　一丛丛变态的豆芽

它们不过是些乔木　不过是偶然间

被最完美的因素　弄成这样

可为什么当我描述一种现象　所有的词

全是来自死神的字典？　难道

对于这个世界　我的语词已经如此魂不附体

不保持沉默　就势必涉及死亡？

啊　桉树林　黑暗之国的黄金树

我要么噤口勿言　像失去了舌头的幽灵

要么　只能用表扬地狱花园的口吻

虚伪地将你赞美！

1996 年 10 月 26 日

无法适应的房间

我无法适应这个房间　它的气味令我恶心

它的窗帘令我盲目　它的水和器皿使我更加干渴

它的玫瑰是丑恶的　它的椅子像陷阱　它的盐有剧毒

它的猫对我怀有恶意　它的鸽子是魔鬼养的群鸡

我不习惯它的门　不习惯它的声音　不习惯它的床

它的光芒对眼睛是有害的　它的布令皮肤痛苦

但它的话语是优美的　无数诗集的片断　垃圾中的纸孔雀

地板闪光　杯子闪光　枕头闪光　墙闪光

沉浸在清洁中的岛屿　与我的微生物格格不入

它的父亲在晚餐中的样子　它的祖母在相框中的面貌

是另一个家族的习惯　如过去时代的贫农在地主家中

我是这个房间的敌人　细菌　和闷闷不乐的幽灵

但这是上帝赐予我的惟一的住房　如果我不能适应

我就无家可归

1994 年

一枚穿过天空的钉子

一直为帽子所遮蔽　直到有一天

帽子腐烂　落下　它才从墙壁上突出

那个多年之前　把它敲进墙壁的动作

似乎刚刚停止　微小而静止的金属

露在墙壁上的秃顶正穿过阳光

进入它从未具备的锋利

在那里　它不只穿过阳光

也穿过房间和它的天空

它从实在的　深的一面

用秃顶　向空的　浅的一面　刺进

这种进入和天空多么吻合

和简单的心多么吻合

一枚穿过天空的钉子

像一位刚刚登基的君王

锋利　辽阔　光芒四射

　　　　　　　　　　　　1996 年改

140

在钟楼上

在钟楼的顶屋　在时间的上面　我所见的城与地面的
　　群众有所不同

我并非上帝　我只是抵达挂钟的地址　再上一层　直
　　到头颅摩天

我看见城在光辉之中　像巨大的海鸟栖息时许多的羽
　　毛在光辉之中

它伸展到郊区的部分已经发灰　一些钢轨翘起在火车
　　站的附近

人类移动的路线　由郊外向市中心集中　心脏地带危
　　险地高耸

只有在那儿　后工业的玻璃才对落日的光辉有所反映
　　在它们下面

旧街区在阴暗中充满垃圾　派生着同样肮脏的黑话和
　　日常用语

人们同样地感受着黄昏　这个词不是来自树林的缝隙
　　或阳光的移动

而是来自晚报和时针　从前　人们判断黄昏是根据金

色池塘　现在

这个词已成为古代汉语　人们只说：这是吃晚餐的时
　　间　七点钟见　先生

城市　巨大的储藏者　老古玩店的主人　整理　收拾
　　着这个黄昏

它在收拾那些用过的邮票　纸张　它把到站的火车塞
　　进冶炼厂　把一些数字划掉

它在黑夜抵达之前修复了一些灯泡　它腾空了医院的
　　床位　它在上帝的白天将尽之前

把所有事物之上的新都抹掉　裹进它灰色的包袱　把
　　那些垂死的长句　短语

抬进养老院的地下室　它把某次大凶杀的一角卷起
　　像卷起一幅

马远的山水画　它抚平了一个时代的嚎叫　在这个黄昏

人们再也不为政客们伤心费神　惠特曼这疯子穿过文
　　化中心的大道

人们只当是招摇过市的警车　造反者的青春正在被储
　　藏起来　激情　革命

惊世骇俗的思想　极端的言论　乱伦的爱情　正在成
　　为拍卖行的旧货

过时的玫瑰　黑森林中的裙子　矫揉造作　一代人已
　　脱离现场

原形毕露　失败者拍马西去　落伍者愤世嫉俗　镜子
　　上升为时代的天空

余下的人活着　七点钟见　先生　钟声激荡　河流穿
　　过城邦　钟楼俯看夕阳

在这高处的高处　落日正在被储藏　城市正在被储藏
　　永恒正在被储藏

有一个更伟大的储藏者　在收回着一切　最后的阳光
　　如黄金的鸽子一只只消失

我在黑暗中沿着钟楼的梯子下降　犹如一只老鼠在仓
　　库中溜过

1992 年

143

下午　一位在阴影中走过的同事

这天下午我在旧房间里读一封俄勒冈的来信

当我站在惟一的窗子前倒水时看见了他

这个黑发男子　我的同事　一份期刊的编辑

正从两幢白水泥和马牙石砌成的墙之间经过

他一生中的一个时辰　在下午三点和四点之间

阴影从晴朗的天空中投下

把白色建筑剪成奇怪的两半

在它的一半里是报纸和文件柜　而另一半是寓所

这个男子当时就在那狭长灰暗的口子里

他在那儿移动了大约三步或者四步

他有些迟疑不决　皮鞋跟还拨响了什么

我注意到这个秃顶者毫无理由的踌躇

阳光　安静　充满和平的时间

这个穿着红色衬衫的矮个子男人

匆匆走过两幢建筑物之间的阴影

手中的信，差点儿掉到地上

这次事件把他的一生向我移近了大约五秒

他不知道　我也从未提及

1991 年

啤酒瓶盖

不知道叫它什么才好　刚才它还位居宴会的高处

一瓶黑啤酒的守护者　不可或缺　它有它的身份

意味着一个黄昏的好心情　以及一杯泡沫的深度

在晚餐开始时嘭的一声跳开了　那动作很像一只牛蛙

侍者还以为它真的是　以为摆满熟物的餐桌上竟有什么复活

他为他的错觉懊恼　立即去注意一根牙签了

他是最后的一位　此后　世界就再也想不到它

词典上不再有关于它的词条　不再有它的本义　引义和转义

而那时原先屈居它下面的瓷盘　正意味着一组川味

餐巾被一只将军的手使用着　玫瑰在盛开　暗喻出高贵

它在一道奇怪的弧线中离开了这场合　这不是它的孤线

啤酒厂　从未为一瓶啤酒设计过这样的线

它现在和烟蒂　脚印　骨渣以及地板这些脏物在一起

它们互不相干　一个即兴的图案　谁也不会对谁有用

而它还更糟　一个烟蒂能使世界想起一个邋遢鬼

一块骨渣意味着一只猫或狗　脚印当然暗示了某人的一生

它是废品　它的白色只是它的白色　它的形状只是它的形状

它在我们的形容词所能触及的一切之外

那时我尚未饮酒　是我把这瓶啤酒打开

因而我得以看它那么陌生地一跳　那么简单地不在了

我忽然也想象它那样"嘭"的一声　跳出去　但我不能

身为一本诗集的作者和一具六十公斤的躯体

我仅仅是弯下腰　把这个白色的小尤物拾起来

它那坚硬的　齿状的边缘　划破了我的手指

使我感受到某种与刀子无关的锋利

1991 年 2 月

坠落的声音

我听见那个声音的坠落　那个声音

从某个高处落下　垂直的　我听见它开始

以及结束在下面　在房间里的响声　我转过身去

我听出它是在我后面　我觉得这是在地板上

或者地板和天花板之间　但那儿并没有什么松动

没有什么离开了位置　这在我预料之中　一切都是固
　定的

通过水泥　钉子　绳索　螺丝或者胶水

以及事物无法抗拒的向下　向下　被固定在地板上的
　桌子

向下　被固定在桌子上的书　向下　被固定在书面上
　的文字

但那在时间中　在十一点二十分坠落的是什么

那越过挂钟和藤皮靠椅向下跌去的是什么

它肯定也穿越了书架和书架顶上的那匹瓷马

我肯定它是从另一层楼的房间里下来的　我听见它穿
　越各种物件

光线　地毯　水泥板　石灰　沙和灯头　穿越木板和布

就像革命年代　秘密从一间囚房传到另一间囚房

这儿远离果园　远离石头和一切球体

现在不是雨季　也不是刮大风的春天

那是什么坠落　在十一点二十分和二十一分这段时间

我清楚地听到它很容易被忽略的坠落

因为没有什么事物受到伤害　没有什么事件和这声音

　　有关

它的坠落并没有像一块大玻璃那样四散开去

也没有像一块陨石震动周围

那声音　相当清晰　足以被耳朵听到

又不足以被描述　形容或比划　不足以被另一双耳朵

　　证实

那是什么坠落了　这只和我有关的坠落

它停留在那儿　在我身后　在空间和时间的某个部位

1991 年 8 月

149

作品 50 号

不爱了就分手你朝北我往西你撑开伞我淋着雨

何必写什么最后一封信

要珍惜邮票　八分钱可以通向另一把伞

何必去对那些开废品收购站的耳朵

说你如今多么多么了

我沉默　不是因为痛苦或者深刻

只是疲倦了累了想睡一觉

你还在说那棵树　那棵春天的树

当时我和你靠着它　像两只鸟吧

其实你没有听见那些树叶在风中沙沙地响

你不知道鸟儿已飞进天空

那时候火车从大桥上驶过

你生气了说我为什么不听着你

我是在想火车它去什么地方想远方那些站台

当时我多想变成轮子啊

分手就分手吧何必想那么复杂

不勉强不高傲也不自卑

我才不相信心会破碎

即便真的碎了　还可以做手术　缝合嘛

安人工心脏嘛　医院里有的是外科大夫

我才不什么忧郁啦祝福啦诅咒啦冷冷地啦

就是在一棵树下坐过一些下午

然后走了那是一棵什么树呀什么树

树多的是这种树多的是一路上都有这种树

不爱了就各走各的吧

想去哪里就去哪里

就像从前你一个人在路上走

后来又两个人一起走

后来大家又快乐地分手

1984 年

作品 201 号

那一瞬世界觉得你丰富美丽

也许是你的头发在风中翻起

也许是你的目光和某人相遇

也许当时你在雨中

雨水改变了你的体温

某种温柔的愿望

在你心灵深处模糊地蠕动

使你一反常态　显得楚楚动人

那一瞬世界觉得你美丽

只是你美丽

许多行人也注意到你

世界甚至想走进你的那片黑发

走进你的那双眼睛

让你心灵中的那些天使

永远不再飞走

或许这就成为你习惯的发式

成为你天生的眼神

或许你就永远这么温柔　令人疼爱

但那只是一小会功夫　几步路的时间

世界看了你一眼　觉得你美丽非凡

而你没有注意到自己

那时你美丽动人　心不在焉

一群天使　曾在你生命中驻足

当你转过街口　一切已恢复原状

在生命的大海洋中

可怜的过路者

你依旧是一只乌鸦

1988 年 9 月 14 日

作品第 5 号

启航吧　弟兄

十四条手臂一起摇动

十四个女人升起在天空

蓝河在船头耸起

黑夜从脸上流过

故乡衔着黄昏越飞越远

眼睛发着绿光

二十四颗宝石佩在夜的胸口

划呀　兄弟们

船老大喊了一声

青春退去了　爱情很深

有时会数着天空的金币发愣

想着黑桃 A

河流是伟大的

岸很朦胧

生命在哪里停泊

神说　莫问

1982 年

金　鱼

金鱼首先可以用另一种能够移动的事物来形容
因为移动和移动是相似的
比如说裙子和风的移动　妃子和盔甲的移动
或者午夜在光芒中的移动或者　暗杀在镜子中的移动
但这些移动都是干燥的　金鱼会在这样的叙述中死去
于是时间也必须随之错位　犹如词的多米诺骨牌
所有的词都要脱离时间　顺着一个方向　金鱼的方向
　　错位
必须是不能核实的时间　不锈钢的时间　以及液体的
　　时间
词能够像鸟类那样自由飞翔的时间
一个词的含义无关要紧　这是一个整体的错位
一批词　在鱼缸中错位　妃子和盔甲是金鱼
裙子是金鱼　镜子中的刀锋是金鱼

但金鱼本身并不移动　故国三千里
它一直在客厅的一角　代表主人的外表

它的动作是为了让客人　想到另一个词组

客人们完全可以不说金鱼　而说

皇帝孤独　大臣们衣冠楚楚

所以　叙述金鱼可以与金鱼本身无关　你可以从这个
　词出发

进入在现实中它会死去的地址

把它用一些优美的代词置换　比如鱼金＝钢琴

然后想象红钢琴和海水的联系　肖邦和公牛的联系

公牛和梦的联系　再想象一只梦中的玻璃公牛　如何

在帝国大厦的顶端偷越太阳　想象它的梦中有一只密
　码箱

然后是光辉四射的希腊　在尼龙的松鼠中繁殖　墙是
　犀牛的另一只眼球

最后把这一切再冠以金鱼　那就是一首抒情诗所解剖
　的金鱼

超现实主义的金鱼　少年达利的私人日记

现实中的金鱼已经死去　一条金鱼中的金鱼　呈献于
　虚无之中

你会佩服　这样怪诞的想象力

你有歌颂和献身的欲望

金鱼还可以有另一种描述　就是为什么我们看见这个
　小肉体
要叫它金鱼　它就像一条金鱼那样　显影在注满清水
　的玻璃缸里
就想到了某段宋词　就有了向主人谄媚的冲动
所有的词都争先恐后　亮出优美的一翼　喂养它
金光熠熠的漂浮物　它是词　还是它？

如果不从古代的立场出发　我们是否能描述
这个玻璃后面的生物？

我还可以假定这个词有效　Jin yu
它就是与我共存于一间客厅中的另一个活动物
在玻璃和水之间　这是它的选择和必然的界线
把我本身与它本身隔开
它的有效就是我的失效
我和主人的谈话没有水分　不可能涉及金鱼
除非我言不由衷　别有所图

1995 年

在牙科诊所

一些与诗歌有关的句子

在一位患者尖叫时出现

那时我正在牙科诊所候诊

病室外面的长走廊　患者相依而坐

有人来自外地　有人是附近的居民

大家正被一个共同的愿望主宰

医生叫他进去　疼痛立即解除

犹如玻璃的表面

突然间　呈现的不再是现实

而是毛细血管　皮肤和油脂

是玻璃对现实的过敏　它的荨麻疹

它的晶体状鸡皮疙瘩

此事不可告人　此时此地

叫喊　公认就是疼痛

荨麻疹转瞬即逝　我得赶紧些

把这些汉语记下来　向右手边的牙龈炎患者

借来他填写病历本的钢笔　一次杰作的开始

吃得太多的中年人　正捂着一半腮帮　不能言语

他有些迷惑　在这种地方　这么多的灾难

这么多已经烂掉的牙

噢　在这个痛苦的世界上

一支笔　又派得上什么用场？

我像间谍那样　匆匆地记下了这些神秘的符号

他看不懂　我也无法将此事说清

诗歌　对这些病人　你叫我如何开口？

幸而我还有点权利　保持沉默

潜伏在一群病人中间

做与疾病毫不相干的事　并且自鸣得意

　　　　　　　　　　　1995 年改旧作

三月十五之夜的暴力

三月十五　明月高悬东方

古老的镜子　照出今晚　阴阳轮回的世界

当一些有花园的人在飞驶中沿着车厢壁

盛满鲜血　倒下　流浪的死神在地铁

翻捡罐头瓶　当那些　丧失了嗅觉的

鼻子　一朵朵鼓起在黑夜的报纸上

此地的月亮也在僵硬　花朵们精神失常

同一时区　像是在悲剧的幕后

在月亮的另一面

另一些人在花园外面　被鸟语花香　击中

当时他们在故乡的老墙外面散步　或者

在大门口执勤　或者　抬头看着月亮

突然间　就平白无故　被一个花园偷袭

暗处的蒙脸匪徒　不知道它是什么花

并不管你是在花园中还是在花园之外

并不管你是否长着鼻子　一梭子扫过去

柔软的子弹　首先击中了一位警察的面部

他被呛得大声地咳嗽　从岗位上后退了两步

这个事故导致　他刚刚对一个市民绷起的水泥脸

被稀释了　紧接着

一个失业的酒鬼的红鼻孔在空气中膨胀起来

他像童话中的小矮人

想起了白雪公主

之后是一对情人　在犯规的紧张中松弛下来

开始彼此覆盖　被上面的树叶覆盖

鸟蹲在果子上吹箫

被这盲目之花炸毁的还有

一个提着塑料袋的妇女　她的红毛线和糕点

跟在她袜子边的狗抬起脖子

朝空气中吸吮着　像黑暗角落里毒瘾发作的青年

最后是我和马云　我们正要去花园后面

会见刚刚套上裙子的朋友

他忽然尖叫起来　像受伤似的

啊呀　是什么花　这么香！

三月十五　月光如水

当一些国家的警察　在午夜

把诗歌的鼻子从月光下带走

春天在黑夜中冻结　变成老虎

国籍不明的气味在昆明的月光下飞行

白色的鸟粪　滴在市长家的阳台

像是嗅到了女神的狐臭

当她性感的肩头　在夜花园的月光下一闪

那些全副武装　势不两立的陌生人

和他们铁幕后面的政府

忽然间一起像河马那样鼓起了鼻孔

呼吸月光

呼吸鸟语

呼吸花朵和它的暴力

在一刹那　臣服

放弃了钢墙铁壁的边界

1998 年

在诗人的范围以外
对一个雨点一生的观察

哦　要下雨啦

诗人在咖啡馆的高脚椅上

瞥了瞥天空　对着女读者

小声地咕噜了一句

"怎么说呢　这种小事

每时每刻都在发生

我关心更大的"

舌头就缩回黑暗里去了

但在乌云那边　它的一生　它的

一点一滴的小故事　才刚刚开头

依顺着那条看不见的直线　下来了

与同样垂直于地面的周围　保持一致

像诗人的女儿　总是与幼儿园保持着一致

然后　在被教育学弯曲的天空中

被弯曲了　它不能不弯曲

并不是为了毕业　而是为了保持住潮湿

它还没有本事去选择它的轨迹

它尚不知道　它无论如何选择

都只有下坠的份了　也许它知道

可又怎么能停止呢　在这里

一切都要向下面去

快乐的小王子　自己为自己加冕

在阴天的边缘　轻盈地一闪

脱离了队伍　成为一尾翘起的

小尾巴　摆直掉　又弯起来

翻滚着　体验着空间的

自由与不踏实

现在　它似乎可以随便怎么着

世界的小空档　不上不下

初中生的课外　在家与教室的路上

诗人不动声色　正派地打量着读者的胸部

但它不敢随便享用这丁点儿的自由

总得依附着些什么

总得与某种庞然大物　勾勾搭搭

一个卑微的发光体

害怕个人主义的萤火虫

盼望着夏夜的灯火管制

就像这位诗人　写诗的同时

也效力于某个协会　有证件

更快地下降了　已经失去了自由

在滑近地面的一瞬　事物的本性

总是在死亡的边缘上　才抓住

小雨点　终于抢到了一根晾衣裳的铁丝

改变了一贯的方向　横着走

开始吸收较小的同胞

渐渐膨胀　囤积成一个

透明的小包袱　绑在背脊上

攀附着　滑动着　收集着

比以前肥大　也更重

它似乎正在成为异类

珍珠　葡萄　透明的小葫芦

或者别的什么　它似乎又可以选择

锋芒毕露　具备了自己的特点

但也注定要功亏一篑　别具一格者的重量

早已规定了是朝下的　一个天赋的陷阱

就像我们的诗人　反抗　嚎叫

然后合法　登堂入室

用唯美的笔　为读者签名

拼命地为自己抓住一切

但与铁丝的接头越来越细

为了更大更满　再也不顾

满了　也就断掉　就是死亡

身子一抖　又成了细细的一条

顺着那依然看不见的

直线　掉到大地上

像一条只存在过一秒钟的蛇

一摆身子　就消散了

但这不是它的失败

它一直都是潮湿的

在这一生中　它的胜利是从未干过

它的时间　就是保持水分　直到

成为另外的水　把刚刚离开咖啡馆的诗人

的裤脚　溅湿了一块

1998 年 7 月初稿

9 月 11 日改定

作品 55 号

世界上的人仿佛少了

落叶一张张踱过街心

像过路的老人

远方的朋友没有回来

一些人在家闭门思过

小雀停停飞飞

停在它从未停过的地段

从街这头可以望见远处的警察

他站着不动

像一只白鸽

不想回家　我早已不是儿童

也没有可去的地方

她久已不闻音讯

云从她走掉的地方

寄来一个个信封

谁的信

久久地望着蔚蓝的天空

柏油上的血痕暗了

热天这儿压死过一个青年

我们都曾目击

斜的太阳光

把人画得很美

像金发的欧罗巴人

这里走一走

那儿站一站

望望想想

有一只吉他在二楼上响

有一个囍字挡在友人的门上

过去这条街上

我们从书店里出来

男男女女　一大群

在这个秋天

世界上的人少掉了

为什么少掉的不是我

为什么不是一截没有树叶的木桩

在落日中我的心充满怀念

这空掉的城

怀念着谁

1985 年

168

铁路附近的一堆油桶

堆积在铁道线旁　组成了一个表面

深褐色的大轮廓　与天空和地面清楚地区分

"周围"与"附近"　都成了背景

红色油漆的字母　似乎是无产者的手迹

A　B　X 和 M　像是些形而上的蜘蛛

代表着表面之后　内部的什么

看不见任何内部　火车途经此地

只是十多秒　目击一个表面的时间

在此之前　我的眼睛正像火车一样盲目

沿着固定的路线　向着已知的车站

后面的那一节　是闷罐子车厢

一群前往汉口的猪　与我同行

在京汉铁路干线的附近　我的视觉被某种表面挽救

仿佛是历史上的某日　文森特·凡高

抵达　阿尔附近的农场

我意识到那不过是一堆汽油桶　是在后来

1993 年

作品 67 号

人活着

不要老是呆在一间屋里

望着一扇窗户

面对一只水杯

不要老是挂着一把钥匙

从一道门进去又出来

在有生命的年代

人应当到处去走走干干

你才不会发胖

不会得高血压床头摆满药瓶

人应该用过数不清的钥匙

敲开数不清的门

沉默之门　羞涩之门

人应该进出过许多房间

应从一片风景进入另一片风景

和一些手紧握又和一些手分开

和一些语言交融又和一些语言疏远

盖栋房子　写篇小说　做笔生意

或者当当兵　开开车　打打杂

在秋天雨后人行道的污水坑里踩上一脚……
从一个站到另一个站
生命无数形式　活法不止一种
在一些地方　你可以停一停
呆上三两年
在另一些地方　你看看
脸在窗口一闪而逝
你可以去看看高山　平原
看看大河之源　大海之湾
看看城市和山区
有什么不同　有什么一样
看看海上的船和河上的船
有什么不同　有什么一样
看看这个人和那个人
这群人和那群人
有什么不同　有什么一样
这样做没有什么目的
好处也说不太清
只要你活着　就该到处走动
生命有无数形式
活法不止一种

1985 年

独　白

每当秋天　庄稼在月光下成熟

就是灵魂陷落的时刻　注定如此

三十而立　仍然不能幸免

固若金汤的城池　又一次被攻破

叛徒们踩着庄稼　在劫难逃的心灵

无处可躲　倒是一身轻松

从前除了自己　还要养活一个上帝

在个人心灵的历史上　白旗无人理睬

自己看着自己　赤身裸体的小丑

一次次从时间之镜上滑下

过去的一切都那么清楚　令人恶心

再也抓不住什么　因为两手握满果实

当初一切都是从真实出发　信誓旦旦

却像伪君子一样　变得风度翩翩

也许早就应该像石头一样沉默

在一条河流中得到安息　然而不

心就是如此下贱　渴望高贵

渴望不朽　渴望面对大海

自己从此就宽阔而深厚

注定要陷落　永远的戏子

你不上台　别人就将你扮演

为又一次欺骗而哭泣　很想忏悔

没有教堂的世纪　天空里没有光

即使在大地上跪一千年

也不会再成为种籽　厚颜无耻

仍然要挺着胸膛做人　光明磊落

只是那虫子永远不死　它总是在咬

直到你踌躇满志的生活　再次被击穿

那就是秋天　谷子在月光下成熟

注定要陷落的是灵魂

月光如水　照耀美丽的原野

照耀你心灵上那黑森森的时间之镜

1988 年 12 月

我的恋爱经历

从前我路过许多爱情

没有时间进去

我是研究生

终于有一天

我去叩爱情的小门

幽默潇洒　沉着老练

咚咚咚　一敲就开

一个警察守在里边

他自我介绍

叫我亚当也可以　夏娃也随便

他命令我举起双手

检查我的户口

又指指我的抽屉

命令交出日记

一页一页　他翻来翻去

一会儿相信

一会儿怀疑

最后他说这是编造的

谁知道你心里想些什么

他要我触及灵魂

交代内心隐私

望望这位维纳斯

我心中一阵害怕

当叛徒就当叛徒吧

我交代了童年的青梅竹马

又交代了十八岁的一些想法

最后交代出一个异性

来我家借过东西

接头的地点我已说出

联络的暗号也告诉你

一会儿相信

一会儿怀疑

他要我回去想想

星期天再继续谈

我从爱情中出来

看看腕上的手表

发现岁数已经不小

随便碰上一个姑娘

我娶她做了婆娘

1985 年 7 月

第一课 : "爱巢"

通常　爱情的故事都在春天开始

但现在是秋天了　万物发霉

灰色的寒流在水泥物之间哭泣

通常　爱情的场合都在湖边或者草地上

从夕阳的短裙子下开始

但这一幕　却租用了郊区

没有户口的一角

十平方米　月租四百　一个铁窗子

外面是工地　和加油站

写着脏话的过道　公厕

垃圾桶和煤气罐　饭馆的后门

"是哪个杂种　又在我门口撒尿！"

一本低级小说　写下的同样是

"妙不可言的一瞬"

写下的同样是"真正的爱情"

同样要撒上点隐喻　来点抒情诗

用掉些象征和形容词

稀软的大麻叶和虾仁香蕉

是什么　你猜猜？

半圆体上涂抹着母蜗牛的粘液

巧克力在花朵的心尖上酥化

红色的蚂蚁洞被黑水手撬开

是什么　你猜猜？

一组组妙不可言的动词

穿过一层层秘密的薄膜

穿过夏日的肥肠　就像一群

小蜜蜂　逃出了老鹰的洞房

东西们　老是发出出卖地下党的叫喊

是什么意思　你猜猜！

原话是 "你日吧　你日吧　我的小喷泉！"

后来却改成 "你是……

风暴，我就是波涛汹涌的大海。"

末了　热火朝天的工地

像一匹丝绸那样垂下来

倒在黑夜的办公室

房间里　光芒消散　告诉我

老师　这一段　应该怎么解释？

一旦把这里发生过的一切公诸于世

正派的诗歌就会暴跳如雷

协助警察马上将它查封

但老实说　同学们

这就是诗歌中常常提到的那种

令年轻人魂不守舍的

所谓 "爱巢"。

1998 年

嘴巴疯狂地跳舞

嘴巴疯狂地跳舞

跳红色的快乐之舞

跳黄色的忧伤之舞

跳白色鼻子的小丑之舞

跳蓝色打字机的哒哒之舞

只有心永远不跳

这个大导演　坐在黑暗的观众席间

仿佛和这一切无关

它那份沉默　像是一只鬣狗

正在黑夜里悠闲地踱过茫茫草原

1988 年 8 月

179

世界啊　你进来吧

今夜我大开窗子

今夜我没有锁门

在黑暗中我睁大眼睛

在黑暗中我张开双臂

世界啊　你进来吧

如果进来一个女人

即使她样子难看当过妓女

她就是我的妻子

如果进来一个男子

即使他刚杀了母亲

眼珠上还滴着凶光

他就是我的兄弟

如果进来一个要饭的老妇

即使她一身疥疮

活不过明天早上

我就唤她一声"妈妈"

如果进来一只黑猫

黑森森的怪影

凶兆一样靠近

我就把它抱在怀里

如果进来一只蚂蚁

我就把它捧进火柴盒子

唱一支歌给它听

如果进来一只蚊子

我就让它停在皮肤上

喝我新鲜的血汁

一夜我都开着窗子

一夜我都没有锁门

一夜我都瞪大两只眼睛

一夜我都张开两条手臂

世界啊　你进来吧

八点钟进来了一个女人

她打着毛线　望着墙壁

问我什么是真正的爱情

我指了指枕头　她嫣然一笑

说：你猜猜　你猜猜

九点钟进来了一个男子

一坐下就聊得热火朝天

原来他就是老张的堂弟

去过北京上海　爱好苏联文学

十点钟进来一个老妇

她老远老远地赶来

叮嘱我热天别喝凉水

吸烟会得癌症

十一点钟进来一只黑猫

它咪咪咪地闻了一阵

发现没有老鼠

一跳就不见了

十二点进来一只蚂蚁

它老是爬来爬去

有时候四脚朝天

有时候四脚朝地

一点钟进来一只蚊子

它狠狠地戳我一针

我想都不想就是一掌

揩着蚊血　抓了抓痒

两点钟我已呵欠连天

锁门关窗上床

一头扎进梦乡

世界啊　你进来　你进来

1983 年

心灵的寓所

每周一回　我去造访那位朋友
他是热情的人　有良好的教养和风度
城区最僻静的地段　十九世纪的老店
现在是他心灵的寓所　不交电费
私人的房子　每月二十元房租
在黄昏　当天空出现威尼斯的风景
绕过工地　穿过一段黑洞洞的走廊
从阳光进入一只烛光　这就是他的住所
一本精巧的圣经　黑布封面　轻轻打开
主人站在那里　花瓶里插着丁香
面目洁白的市民　心地善良的好人
没有结婚　没有女仆　没有养狗
一杯茶　加了红糖　供谈心之用
互道晚安之后　他就捧出那只匣子
把他心爱的单词　一个一个捉出
这是孤独　忧郁　人生　命运和死亡
还有玫瑰　骑士　夜莺　等等……

一个个放到桌上　绿绒的桌布　挤满珍奇的古玩

像一群精灵　跳起典雅的宫廷之舞　娓娓动人

华美的光泽　至少有千年的历史

几经易主　过去的主人　有歌德和但丁

主人久久地摩挲着这些爱物　感情真挚

叹息像美丽的银匙　在杯子里缓缓搅动

周围阴沉而安静　仿佛有一次中世纪的凶杀

正在悄悄地重演　或者正在转世　置身其中　听着

　每次四个小时

竭力显得高尚而博识　懂得钢琴

暗中却心头火起　毕竟我是俗人

熬不住如此高雅的折磨

老是在盘算　怎样把这个圣徒出卖

或者声称要去小便或者突然胃痛

我要价很小　只要让我到街上去溜达

星期六的晚上　应该看场电影　啃只烤鸡

但直到今天我也没有出卖这位朋友

每周一次　照旧去听他谈心

虽然住在另一个街区　离那儿很远

但我羡慕那些古老的光泽

作为一个穷光蛋　它们常使我超凡入圣

1988 年 6 月

1987 年 12 月 31 日

晚间新闻：毒品　股票市场

美苏会谈　汽车大赛　癌

成千上万的黑人走过美国

一封信的内容：人生是无聊的

一间厨房正在讨论：邻居的围巾

大年三十　中国围着圆桌吃喝

此时我沿着雨后发亮的道路

走向一处树林　脚踩在水洼里

鞋子湿透　树叶在黑暗中发光

并不是我比他们清高

只是我有这样的机遇

远离故乡　又不能及时赶回

1987 年

秃顶的秋天　站在死亡之外的儿童

秃顶的秋天　死亡通过树木中的空隙
介入生活　许多不寻常的事件发生着
阴雨　持续不断　直到墙壁开始漏水
呻吟的医院　挤满患者的关节　而月光下
总是有神秘的现象　在白色的收割物上逗留
苔藓　悬挂在孤独和忧郁中的窗子
而诗歌也不会比其它季节稍微有用
令人生畏的道路　泥泞　老掉的美女
浸泡在脏衣服和贫困中的婚姻
日子正像我们预感的那样剥落
写着"专治阳痿"的广告　露出
纸后面浆糊和电线杆子腐烂的身躯
这一切　足以使一个　正在青年时代的人
充满霉气　在漫长的睡眠中偶尔醒来
像尸体那样　张望着青森的镜子
也正是这些死亡所凭借的　同样向少年儿童
敞开了他们游戏的场所

他们就在这里　像从前那样长大

明亮鲜艳的一群　在我们看见死亡的那儿

他们看见　红色的胶皮球

正在大街的对面　跳跃

1990 年

这个夜晚暴雨将至

这个夜晚暴雨将至

有人在街上疾走

你刚洗过头发

肤色如雪　一群意大利乐师

在录音带上为你演奏春天

墙上的油画　画着南方某地的山谷

天空湛蓝　树叶激动人心

书架上站着各时代的灵魂

往昔煽动暴乱的思想

现在一片宁静

朋友们不会来了

你先躺下吧

我还要坐一会儿　写写信

许多事物将被淋湿

将被改变

许多雨伞将要撑开　或者收起

我们体验过这样的雨夜

再也不会惊奇

雨点打下来的时候

我们已经安睡

我们已经安睡

1988 年

我偶然想到……

我偶然想到

这个夜晚他们在干什么

他们谁还活着　谁已经死去

这时候我独自一人　穿过高原

在巨大的星空下

新月正在上升

1987 年 12 月 14 日

以前我到过许多地方

以前我到过许多地方
遇见过许许多多的人
他们只是一面之交
长相我已忘记
我只依稀记得
那是些美丽或一般的人们
我只是记得
有一次他们在街上停下
告诉我厕所在什么地方
而另一次他们没有注意到我
是我注视着他们　并开始欣赏
猜测他们为人的好坏
猜测他们将要到达的地方
我不记得那时候是喜欢还是厌恶
我只记得我注意到他们
因为一种表情
或者一种衣服样式

1986 年 9 月

整个春天

整个春天我都等待着他们来叫我

我想他们会来叫我

整个春天我惴惴不安

谛听着屋外的动静

我听见风走动的声音

我听见花蕾打开的声音

一有异样的响动

我就跳起来打开房门

站在门口久久张望

我想他们会来叫我

母亲觉察我心绪不宁

温柔地望着我

我无法告诉她一些什么

只好接过她递给我的药片

我想他们会来叫我

这是春天　这是晴朗的日子

鸟群衔着天空在窗外涌过

我想他们会来叫我

直到风已经从树上离去

直到花儿已经被人摘走

直到有人敲响了我的房门

我才明白

我早已被他们除名

1986 年 9 月 于太原

寄 小 杏

小杏　我现在想念着你

我在一个陌生的城市

和一群熟人坐在一起

今晚他们深感不安

见我沉默不语

不时停住谈话　朝我看看

我的目光穿越墙壁

穿越朋友们的友情

望着他们望不见的地方

那是你拉开窗帘的地方

那是我遇见你的地方

这不是孤独的时刻

生活就在我的近旁

这是属于你的时间

我在把你想念

真奇怪　我想象不出你的样子

我只是把你想念

我只是在想念着你

一切都已不在眼前

夏天过去　天气就要凉了

小杏　你睡觉的时候

要关好窗户

你出门的时候

要穿上毛衣

你要的围巾　我明天就去买

现在是十一点了

街上空无一人

我看见你轻轻地转过头来

抿嘴一笑

我很高兴　又加入朋友们的聊天

1986 年

想 小 杏

汽车在街上停住

灰甲壳虫　落下些陌生的面孔

他们中间没有小杏

去年秋天　她从楼上下来

白裙少女　红梳子掉了

她弯腰拾起

1987 年 10 月

给小杏的诗

小杏　在人群中

我找了你好多年

那是多么孤独的日子

我像人们赞赏的那样生活

作为一个男子汉

昂首挺胸　对一切满不在乎

只有夜深人静的时候

我才能拉开窗帘

对着寒冷的星星

显示我心灵最温柔的部分

有时候　我真想惨叫

我喜欢秋天　喜欢黄昏时分的树林

我喜欢在下雪的晚上　拥着小火炉

读阿赫玛托娃的诗篇

我想对心爱的女人　流一会眼泪

这是我心灵的隐私

没有人知道　没有人理解

人们望着我宽宽的肩膀

又欣佩　又嫉妒

他们不知道

我是多么累　多么累

小杏　当那一天

你轻轻对我说

休息一下　休息一下

我唱支歌给你听听

我忽然低下头去

许多年过去了

你看　我的眼眶里充满了泪水

1986 年 10 月

作品 66 号

你不回信你沉默如秋天

高蓝深远没有一片白云

你不回信我望着邮筒望着那片春天的树叶

我猜想有人把信藏起来了

有一天那人会突然还给我

你不回信我的想象力默默地成熟了

成熟如这秋天这美丽的季节

我在那辽阔的天空中画了许多画

有彩色的有黑白的有你的微笑你的长发

你不回信世界变得神秘了

世界可以有所期待　期待着是美丽的

我害怕有一天天空上飘过一片白云

一封信遮住了阳光遮住了辽阔的天空

秋天就阴沉下去了

夜来了在夜里永远不会有送信的人出现

1987 年秋天

200

那时我正骑车回家

那时我正骑车回家

那时我正骑在明晃晃的大路

忽然间　一阵大风裹住了世界

太阳摇晃　城市一片乱响

人们全都停下　闭上眼睛

仿佛被卷入某种不可预知的命运

在昏暗中站立　一动不动

像是一块块远古的石头　彼此隔绝

又像是一种真像

暗示着我们如此热爱的人生

我没有穿风衣

也没有戴墨镜

我无法预测任何一个明天

我也不能万事俱备再出家门

城市像是被卷进了天空

我和沙粒一起滚动

刚才我还以为风很遥远

或在远方的海上

或在外省的山中

刚才我还以为

它是在长安

在某个年代吹着渭水

风小的时候

有人揉了揉眼睛

说是秋天来了

我偶而听到此话

就看见满目秋天

刚才我正骑车回家

刚才我正骑在明晃晃的大路

只是一瞬　树叶就落满了路面

只是一瞬　我已进入秋天

1986 年 10 月　北京

探 望 者

我记得那束阳光

它在我生病的日子

天天来探望我

每当黄昏　它就轻轻进来

它是怎么来的　我一点也不知道

它摸摸我的头发　摸摸我的眼睛

它流进我的四肢　使我感到舒服

仿佛变成了一株植物

我就要长出叶子

它不说话　它使我热泪盈眶

想起生命中最美好的日子

想起大地　想起树林和山岗

那时我真想起床

起床　进入那片阳光

门响了　护士端着盘子进来

拿出粗大的针管

我闭上眼睛　咬紧牙关

很多年过去了

记忆中那病室已是一片昏暗

只有那束阳光　那个金发的探望者

我还记得它的模样

1986 年 10 月

作品 104 号

那时我的鞋带松了

就在人行道边坐下

很偶然地　我发现一种风景

我坐在人行道上　默默地看

从前我总是匆匆而过

被一种类似河水的力量冲走

一条鱼　现在成了河岸的石头

人们停下来　望着我

汽车停下来　望着我

一个简单的动作　改变了一条大街

或许　还改变了世界

人们望着我　那么多眼睛

像鱼鳞在黑布上闪动

使我不寒而栗

以至我心虚地回过头去　看看后面

看看我之外是否还有别的什么

只有我　就是我

坐在人行道上

在垃圾桶和梧桐树之间

从来没有人坐过的地方

像是在人群中走着走着

忽然落伍　慢下来　变成了一只猩猩

1987 年 11 月 21 日

作品 101 号

在异域　你被陌生的海水包围

充满敌意的海浪在你四周咆哮

像是偏远乡村的一群恶狗

你强作欢颜　抚摸着生活的獠牙

像春天的好风　使浪头俯首帖耳

天空在你的头上　海水无际无边

远离祖先的沉船　你从此随波逐流

局外人　世界再也不知道你的真相

不必去触碰藏在深处的水草

那是暴风雨也无法穿越的植物

它曾经被它们绞住　恐水而死

不必去触碰　不必寻根究底

无非是些风流韵事　是些岁月织成的黑网

闹剧　伤疤　绰号以及某种甜头的来历

日子当然辛苦　你会被咬得鲜血淋淋

当天气不好　你只能一个人挺住

而邮车远去　你空着双手发呆

从一群浪到另一群浪

生命和大海一样辽阔

红色的海水　金色的天空

而下面却漆黑如夜　在那儿的某一处

你记忆犹新　在一群獠牙呲露的狗群中间

你曾经对着一个贸然闯入者

无耻地竖起卷毛

1987 年 11 月 19 日

外　婆

那一年春天　高楼盖起来了

老四合院　大树上最后一个窝

鸟儿已经飞走　拆房子的人在树下闲聊

那是外婆浇水的地方　六十年来

总是在清早　我们还躺在床上

梦见一只船正在吃鱼

像黎明一样轻巧　她打扫房间

那么干净清新　像是供品

抹桌布晾在门后　面条已经煮好

她的一只草墩卧在树下

那群白鸡在四周啄食

拆房子的人在树下闲聊　我们搬家

从华山西路搬到翠湖　另一个门牌

另一种邻居　从另一道大门进去

把老家具抬上五楼

外婆坐在驾驶室　抱着水壶

大家出出进进　忘记了那只草墩

从前它讲过很多鬼故事

在十五的月光下　它紧紧搂住我们

大家进进出出　忘记了那块抹布

从前它可是一只春天的蝴蝶

绣在荷花之上　使蜜蜂们迷惑不解

外婆坐在驾驶室　抱着水壶

老妇人　系着黑围裙　脸上刻满篆书

往昔的痕迹　一丝不露

只写着典章和教诲　令人生畏

某种想法在后代们心头一闪

一列火车　在某个站台停了几秒

企图越轨　邪恶的几秒　不可告人

外婆坐在驾驶室　抱着水壶

完美而自在　安静而慈祥

当家人把她抬到床上　她已逝去多时

她睡在新房子里　四壁洁白

显得非常陌生

1987 年 10 月

感谢父亲

一年十二月

您的烟斗开着罂粟花

温暖如春的家庭　不闹离婚

不管闲事　不借钱　不高声大笑

安静如鼠　比病室干净

祖先的美德　光滑如石

永远不会流血　在世纪的洪水中

花纹日益古朴

作为父亲　您带回面包和盐

黑色长桌　您居中而坐

那是属于皇帝教授和社论的位置

儿子们拴在两旁　不是谈判者

而是金钮扣　使您闪闪发光

您从那儿抚摸我们　目光充满慈爱

像一只胃　温柔而持久

使人一天天学会做人

早年您常常胃痛

当您发作时　儿子们变成甲虫

朝夕相处　我从未见过您的背影

成年我才看到您的档案

积极肯干　热情诚恳　平易近人

尊重领导　毫无怨言　从不早退

有一回您告诉我　年轻时喜欢足球

尤其是跳舞　两步

使我大吃一惊　以为您在谈论一头海豹

我从小就知道您是好人　非常的年代

大街上坏蛋比好人多

当这些异教徒被抓走、流放、一去不返

您从公园里出来　当了新郎

一九五七年您成为父亲

作为好人　爸爸　您活得多么艰难

交代　揭发　检举　告密

您干完这一切　夹着皮包下班

夜里您睡不着　老是侧耳谛听

您悄悄起来　检查儿子的日记和梦话

像盖世太保一样认真

亲生的老虎　使您忧心忡忡

小子出言不逊　就会株连九族

您深夜排队买煤　把定量油换成奶粉

您远征上海　风尘仆仆　采购衣服和鞋

您认识医生校长司机以及守门的人

老谋深算　能伸能屈　光滑如石

就这样　在黑暗的年代　在动乱中

您把我养大了　领到了身份证

长大了　真不容易　爸爸

我成人了　和您一模一样

勤勤恳恳　朴朴素素　一尘不染

这小子出生时相貌可疑　八字不好

说不定会神经失常或死于脑炎

说不定会乱闯红灯　跌断腿成为残废

说不定被坏人勾引　最后判刑劳改

说不定酗酒打架赌博吸毒患上艾滋病

爸爸　这些事我可从未干过　没有自杀

父母在　不远游　好好学习　天天向上

九点半上床睡觉　星期天洗洗衣服

童男子　二十八岁通过婚前检查

三室一厅　双亲在堂　子女绕膝

一家人围着圆桌　温暖如春

这真不容易　我白发苍苍的父亲

1987 年 12 月 21 日

赞美劳动

我赞美劳动

我赞美一个劳动者

他手臂上的肌肉鼓出来　抡动着锤子

他把黑炭砸碎　弓下腰去

几粒火种　脱离他粗糙的手

爆裂成一炉真正的火焰

火光　照亮了他的脸

把铁砧和整个作坊照亮

劳动　就这样开始

他干的活　是浇铸一批铁链

他肯定用不着这些链子

他也不想　它们将有什么用途

这是劳动　一个冶炼和浇铸的过程

说话的是手和工具

把一批钢坯投进火炉

浇铸成另外一批

废弃的犁头　锤子

从燃烧的煤中出来　成为新的铁链

他的动作和表情没有任何与心情有关的暗示

他只是一组被劳动牵引的肌肉

这些随着工具的运动而起伏的线条

唯一的含意　就是劳动

1989 年 12 月

停车场上　春雨

玻璃后面　我光滑地看着这场雨
这场来自故国春天的阵雨
在公寓的空场上降落
精心施工的场子　干燥　缺乏光彩
为停放汽车而准备
像在另一处天空那样　这些雨
漫不经心地往下跳
纤细的长腿　一触地就跌断了
它们哭着在水泥填平的地面爬行
那渗透事物的能力已经丧失
在此之前　它们从未做过任何准备
以在更坚硬的世界面前　相应地柔软
无人能暗示或引导它们
也无人能够代替那些曾被它们滋润过的事物
公寓里的居民都呆在各自的单元里
看着停车场渐渐闪射出光芒
大家心情各异　等待着这场雨完结

1990 年 5 月

作品 1 号

夏天的红光

隆隆飞过世界

风暴炸毁生活的颜色和旋律

雨的冲锋队跳下乌云摩托

向大街向彩色的蘑菇和玻璃

哗啦啦扫射

一群苍蝇晃着透明的小旗

在啤酒店里游行

无数的手把白色的选票投进喉咙

企鹅在南方当选为总统

空气忽然站住向上一跃

撕破了一万条裙子

年轻的腿们朝一个念头微笑

皮肤骄傲地跨出服装

在各地　阳光修复着大卫们的雕像

热情的肌肉和丰满的山峦

快乐地失火

夜睡不着了

在生活的平台上

房子潮水般退去

暴露出游泳裤川流不息的海滩

在那个黄颜色的阳台

和一只美丽的蚊子

我深深地相爱

1983 年

作品 16 号

雪来了　门躲着

一切都很温暖

有一些事要静静地想想

一些过去和将来的事情

现在也没有一封回信

邮递员是个绿色的男人

他送报纸送彩色画报

我给过他许多邮票许多信封

现在也没一封回信

这是一个结婚的年头

许多人收到过红纸的请柬

也许我应该结婚了

像朋友们一样

去旅行　在春天的北方

在一首五十行的诗里

我歌唱过那里的白杨

有些甜蜜　有些辛酸　有些茫然

从前我在工厂的时候

喜欢和小雷一起看电影

记不得是哪一幕　他悄悄地哭过

隔壁的女人回家了

她轻轻地钻进被窝

像一只温柔的母猫（我猜）

雪一样轻的叹息

雪一样厚的墙壁

她的丈夫是个炮兵

今年夏天在二楼　我见过他们

雪睡了　夜有一个白色的枕头

寒风吹亮了月光

十二月默默地站在街上

有些甜蜜　有些辛酸　有些茫然

1983 年

作品第 48 号

敲敲门

进来一个姓名

（一生中我认识好多姓名）

笑笑脸

坐下一张嘴巴

（一生中我记得好多声带）

"他们说王美贞前天夜里死了

和丈夫吵架

喝掉两瓶毒药"

"他们说老木的妻子离过婚

从前的情人

在台湾卖百货"

"他们说早看透你这个人了

五分钱都……"

"他们说北京人穿风衣了
皮鞋是意大利进口的"

"他们说星期三看见她
和一个小伙子走在弯道巷
还……搂腰……"

"他们说有一种草
生在跑马山的树根上
可以医胃病……"

他们说你这条裤子不好看
颜色深了点

他们说毛大爷说了
"那种地方去不得"

有一天
我悄悄拿面镜子
一个人躲着照
他们说你长得不英俊

他们说你吸引女人

我砸掉镜子

他们说你样样都好

就是爱激动

一辈子我都在等着这些姓名

一辈子他们都告诉我"他们说……"

后来我埋进了泥巴

我听见那些乡音拄着铲铲

站在我上面休息

"他们说他是一个诗人

年轻时他们一道喝过酒

他借过他们一把雨伞……"

1984 年

作品 52 号

很多年　屁股上拴串钥匙　裤袋里装枚图章

很多年　记着市内的公共厕所　把钟拨到 7 点

很多年　在街口吃一碗一角二的冬菜面

很多年　一个人靠着栏杆　认得不少上海货

很多年　在广场遇着某某　说声"来玩"

很多年　从 18 号门前经过　门上挂着一把黑锁

很多年　参加同事的婚礼　吃糖　嚼花生

很多年　箱子里锁着一块毛呢衣料　镜子里脸默默无言

很多年　靠着一堵旧墙排队　把新杂志翻翻

很多年　送信的没有来　铁丝上晾着衣裳

很多年　人一个个走过　城建局翻修路面

很多年　有人在半夜敲门　忽然从梦中惊醒

很多年　院坝中积满黄水　门背后缩着一把布伞

很多年　说是要到火车站去　说是明天

很多年　鸽哨在高蓝的天上飞过　有人回到故乡

1983 年

远方的朋友

远方的朋友

您的信我读了

你是什么长相　我想了想

大不了就是长得像某某吧

想到有一天你要来找我

不免有些担心

我怕我们一见面就心怀鬼胎

斟词酌句

想占上风

我怕我们默然不语

该说的都已说过

无论这里还是那里

都是过一样的日子

无论这里还是那里

都是看一样的小说

我怕我讲不出国家大事

面对你昏昏欲睡　忍住呵欠

我怕我听不懂你的幽默

目瞪口呆　像个木偶

我怕你仪表堂堂　风度翩翩

我怕你客客气气　彬彬有礼

叫我眼睛不知该看哪里

话也常常听错

一会儿搓搓大腿

一会儿抓抓耳朵

远方的朋友

交个朋友不容易

如果你一脚踢开我的门

大喝一声："我是某某！"

我也只好说一句：

我是于坚

1986 年 1 月

作品 60 号

——赠吴文光

你走过夏季之湖

在一丛丛爱情中穿过

穿过蒙克的作品

它们刚刚完成

泛着一道月光

月光很暗

世界看不清你的思想

高傲抑或自卑

你暗中希望

那是些丑陋的爱神

丑陋　如此刻的你

从前你的爱情也种在这幅画中

比别人更疯狂　更搂得紧

你最害怕松开的一瞬

你孤独

因为清高？因为无能？

回忆是一股头发香味

来自第二十二条大街

那个雨天在白玫瑰商店

卖过一批巴黎香水

回忆是一支歌子

从前在许多地方都能听到

今夜它一声不响

人们从爱情中望着你

坐在玻璃窗后面聊天

黄昏六点钟

所有的门都对你背过脸

你一个人从空荡荡的大街走过

你被许多眼睛揩掉

你坐在电影院深处

左边是一对情人

右边是三个朋友

前排是一家子嗑着花生

后排是丈夫妻子相偎而坐

你被包围在别人的亲密中

从入场你就装着在等某一个人

直到所有的空位都被陌生人填满

你装作有一种崇高的期待

你看看表　望望后面

你装作一个人也无所谓

你装得坦然自在　一如你这首诗

黑暗是一个整体

它终于掩饰了一切

你感到自在　松了一口气

但最后的时刻你害怕了

剧终　灯亮

一对对情人将要出现

一个个家庭将要出现

你害怕他们中一人问你

一个人？

你曾经坐在他们的婚礼中间

送他们礼物　祝他们幸福

听他们谈论牛奶和保姆

你沉默在语言中

许多人都有家了

只剩你一个人

你至今没有窗帘

床公开在阳光下

世界在你窗前走过

每次都一览无遗

你走过夏天之湖
从一丛丛爱情中穿过
回忆往昔的热恋
想着红发的凡高
哼一支情歌

1985 年 8 月

有朋从远方来

——赠丁当

你横渡黄河来找我

你穿过整个南方

从一号到二百零三号

二百零二家都是单门独户

二百零三号住着一千多人

你吓了一跳

怨气冲天　说是找我找得好苦

你以为南方都是鸟窝么

你个子高　天天趴在爱情里

像一匹幸福的种马

我个子矮　在爱情中钻出钻进

像一只寻不着窝的公猫

你皮肤白　我脸膛黑

太阳对我亲　对你疏

我们坐在南方的一家旅店

一见如故

像两个杀人犯　一见如故

你告诉我许多外省的天才

还有什么韩东等等

那个想当萨特的人

那个面目清秀的人

那个发誓不和老婆吵架的人

那个住在南京的人

那个体育方面只会跑步的人

你们在一个冬天读我的作品

大吃一惊

你们说除了你们

于坚就是敌人了

那小子可要防着点

说不定他已买好去瑞典的车票

我很高兴　过去我可不认识你们

我真高兴　有些话可以说说了

南方的女人很美丽　四季如春

许多男人　在那儿艳遇一生

但是在南方　你什么也不能讲

那儿有高的山

太阳只是它脖子上的金坠子

那儿有深的河

太阳掉下去也溅不起水珠

很多年　我的小屋无人敲门

韩东说我们可以聊聊

我们就聊聊

写一流的诗

读二流的作品

谈三流的恋爱

至于诗人意味着什么

我们嘿嘿冷笑

窗外正是黄昏

有人在卖晚报

喝完咖啡又喝啤酒喝凉水

其间三回小便

晚饭的时间到了

丁当　你的名字真响亮

今天我没带钱

下回我请你去顺城街

吃过桥米线

1985 年 6 月

送朱小羊赴新疆

他从人群中挤出来
跳上开往大西北的火车
他父亲没有来送行
那个游击队员老了
躲在家不出声地啜泣
灯也没有打开
我们站在水泥月台和他的独儿子握手
在一起好多年
从来没想起要握手
手和手紧紧地握
好像要握住将来所有的日子
手握过了　车还不开
最后几秒真是难耐
（如果你突然不走了
我们就是一群喜剧演员）
此后是天各一方了
傍晚你再也不会来敲门

叫我去逛八点钟的大街

听说新疆人烟稀少

冬天还要发烤火费

在那边倒可以干些破天荒的事情

好好干吧　朱小羊

"在那遥远的地方

有位好姑娘……"

列车载着你跑向天边外

我们这群有家的人

在人海中悄悄走散

1983 年

作品 39 号

大街拥挤的年代

你一个人去了新疆

到开阔地去走走也好

在人群中你其貌不扬

牛仔裤到底牢不牢

现在可以试一试

穿了三年半　还很新

你可还记得那一回

我们讲得那么老实

人们却沉默不语

你从来也不嘲笑我的耳朵

其实你心里清楚

我们一辈子的奋斗

就是想装得像个人

面对某些美丽的女性

我们永远不知所措

不明白自己——究竟有多憨

有一个女人来找过我

说你可惜了　凭你那嗓门

完全可以当一个男中音

有时想起你借过我的钱

我也会站在大门口

辨认那些乱糟糟的男子

我知道有一天你会回来

抱着三部中篇一瓶白酒

坐在那把四川藤椅上

演讲两个小时

仿佛全世界都在倾听

有时回头照照自己

心头一阵高兴

后来你不出声地望我一阵

夹着空酒瓶一个人回家

1983 年

给 姚 霏

姚霏弟　认识你的时候

你年轻得像一只青蛙

活蹦乱跳

滇西北大山中的放牛娃

骑着泥巴牛

在中国大上海

哭笑吃穿

也不知道砸碎了多少瓶瓶

你生得瘦小　又黑

又没吃过冰淇淋

又没上过幼儿园

你习惯于人群的白眼

就像习惯了穿皮鞋

你像一个小鬼

使许多人暗中害怕

有人叫你一声"朋友"

你就欢天喜地跟去了

经常是愤愤地回来

钻进蚊帐　　睡觉

你在舞池中出现　　孤单单

坐在一排没有女人的长椅中

望着那些比你高大的男子

望着那些美丽丰满的女人

　发呆

后来你悄悄地出去了

在广漠的宇宙中

你跳一种奇怪的舞

你天生一脸哭相

穿红褂褂的哭孩

你不哭姑娘们一个个离去

明天早上起床　　又没饭票了

你不哭

你忧郁的背影

使我想起耶稣

永远长不大的孩子

用老人的目光看着人间的游戏

又高兴又快乐

和所有人友好相处

又寂寞又悲伤

一个人在中秋夜

一言不发　坐到天明

姚霏弟　在故乡我朋友不多

见到你我真高兴

我们不需要讲什么

玩去吧　我的没玩过积木的朋友

我们会一辈子玩得高兴

我们的玩具

是整个世界

1985 年 10 月

罗 家 生

他天天骑一辆旧"来铃"
在烟囱冒烟的时候
来上班

驶过办公楼
驶过锻工车间
驶过仓库的围墙
走进那间木板搭成的小屋

工人们站在车间门口
看到他　就说
罗家生来了

谁也不知道他是谁
谁也不问他是谁
全厂都叫他罗家生

工人常常去敲他的小屋

找他修手表　修电表

找他修收音机

文化大革命

他被赶出厂

在他的箱子里

搜出一条领带

他再来上班的时候

还是骑那辆"来铃"

罗家生

悄悄地结了婚

一个人也没有请

四十二岁

当了父亲

就在这一年

他死了

电炉把他的头

炸开一大条口

真可怕

埋他的那天

他老姿没有来

几个工人把他抬到山上

他们说　他个头小

抬着不重

从前他修的表

比新的还好

烟囱冒烟了

工人们站在车间门口

罗家生

没有来上班

1982 年

女 同 学

那一年春天　音乐课后　你从风琴后面奔进操场
当时　在一群中学生中间　你的位置是女王的位置
一班男生都在偷看你　但没有人承认
想承认也不知道该怎么讲　大家刚刚上初中
那天你肯定出众　是由于跳绳　还是唱歌
也许你穿过了整个操场　追逐着另一个
粉红色的女孩　只记得你穿着红裤子　但你没有模样
你是有雀斑的女孩　还是豁牙的女孩？你肯定出众
但你不是某一张脸　而是好几张脸组成
你没有肉体　天国中的植物　你属于哪一个芳名
刘玉英　李萍　胡娜娜　李桂珍？
哦　看看时间留下了什么？　一片空空的操场

这些芳名有何肉体上的含义？
我记得我们男生之间
都有过彼此头破血流的经验
我记不得你写字是否用的左手　你的脸是否有痣

244

我不记得有任何细节　　事关疼痛

出众是危险的　　这使得你无法接触

当然　　我拉过你的手　　不止一次

大合唱　　集体舞　　木偶人的课外游戏

你的手无所顾忌地伸过来　　像成年人的手一样

有力　　但不代表你本人的神经

老师那时常说　　祖国的花朵

也许就是这句惯用语　　老让我　　把你

和某个春天相联系　　那个春天

是否开过花　　我已经想不起来

但在我的记忆中　　你代表着春天　　代表着花

还代表着正午时光　　飘扬在操场上的红旗

但我总觉得那些年　　你和我形影不离　　因为

教室里的座位　　总是一男一女　　一男一女

我记得所有的男生都偷过老师的粉笔　　但你没有

那时我的钢笔一旦遗失　　我只会怀疑男生

我也偷过　　我偷看过你的文具盒

还偷看过你的其他部位　　当然啦　　是在大白天

那时干什么大人都不准　　只能偷偷摸摸

连看你　　也只是偷看　　我正视你的时候

你总是已经当众站起来　要么回答老师的提问

要么扬着头用标准的普通话　朗诵

哦　女同学　从十三岁到十八岁

我不记得你偷过什么　你当过贼么？

哪怕是在他不注意的时候

偷偷地　瞅瞅他刚刚冒出微髭的厚嘴唇？

女同学　我是否年纪轻轻　就与幽灵同座？

而我又是谁　你的背诵课文的男幽灵

当时我们学到的形容词很少

大多数只能用来形容祖国　革命

我做有些事　都不知道该怎么讲

有一学期　我老梦见你跳绳

星期一　在课堂上

我深怀恐惧　无法认真听讲

一节节课　我只担心着被叫起来　当众提问

我的心像一只被扔进了白天的老鼠　在关于你的狂想中

钻来钻去　我朦胧地觉得　你的身体应该有许多洞穴

但我一个也找不到

少年的日子忧心忡忡

害怕着班集体　会看透他的坏心眼

老师教育我们要关心国家大事

注意力集中在一个女同学身上　是可耻的

我尚未学会写情书　这种体裁的作文

谁会教给我们？永远是０分

女同学　请恕我冒昧

我在私下对你有所不恭　如果那一年你能进入男生厕所

你就会发现我写得最有力的作文　是以你的芳名为题

可你瞧瞧我公开在你面前的样子

不是什么乱涂乱画的小杂种

而是语文得了五分的　害羞的男同学

不知道是幸福的　这使一头豹子

闯入了花园　使一只企鹅　投进了烈火

但我一直在仇恨这种幸福

日复一日　我们对着黑板　学习并列复句

造句日益规范　动作越发斯文

日复一日　你出脱成窈窕淑女　我成长为谦谦君子

某一日你的脸忽然闪过神秘的微笑　头也歪了

就像看惯多年的椅子　忽然间跳起舞来

放学回家的路上　你用故乡的方言对我说

"你……也走这条路？"
你的样子奇怪　令我警惕起来
似乎这一刹那我不再是你的同学
这是你第一次对我讲昆明话
惟一的一次　可我又说了些什么
"今天的作业做了没有？"

从这时候我才知道了你本人的声音
与在校的那一位完全不同　更好听
我不知道你的话意味何在
一个愣头青　我只被你的样子迷惑
这个样子我记住了
中学毕业　我才知道　当姑娘
歪着头　笑成这种样子
就是她　想怀孕的时候
哦　说起来　都说那是金色的年代
可我错过了多少次下流的机会
我一直是单纯高尚的小男生
而你　女同学　我知道你一直都想当
终于没有当成　一个风骚十足的娘们

岁月已逝　学校的操场空空

并非人去楼空　只是同学们都在上课

十点整　大家就会活蹦乱跳　从教室滚出来

女同学　你当然出众

1995 年 12 月

芸芸众生：某某

他出生于一家医院

早年在大公司上班

红皮鞋

黄鞋带

黑皮包里

夹着许多少女的照片

革命时期他加入执政党

书架上摆满领袖著作

从此不看小说

一套灰制服

穿了几十年

其间三回犯错误

三次晋级

他密告过一个女人

那天心情很好

买了一包麻辣牛肉

洗了一个澡

多年孤独的生活

使他渐渐莫测高深　面目阴沉

他的历史像一件旧式家具

纹饰发暗　模糊不清

清早他在巷口打太极拳

向过路人问早

中午他在仙客来酒家

要十六个小笼包子

一盘猪头肉

夜里他静静地手淫

耳朵里响着西皮流水

老光棍　有一大笔存款

今天三十岁以下的人

都吃过他的口香糖

听过他的教训

近年他做起香水生意

红皮鞋

黄鞋带

白发星星者

夜里不再离群索居

他在舞池中复出

如鱼得水　气和心平

有女人说

这个胖子风度翩翩

1982 年

伊曼努尔·康德

哥尼斯堡最矮的市民

一生都蛰居在他的钟里

精确无误的齿轮　清晨 5 点开始运转

那时上帝还在做梦　该城空无一人

前马具匠家的男孩　头戴红睡帽

身着黑袍　他要为世界　打造一副鞍子

七点　他背着手去大学上课

注定有一批人要弃家前来

为了听这个小老头谈论天体　把生计耽误

教授敲着讲台　偶尔望望某处

从一物到另一物　好像一头老猩猩

在张望文明　下课　他直接返回字母

遇着皇帝和喷泉　也不绕路

一点正　仆人出现在墨水瓶旁　鞠躬：

"先生，汤在桌上。"

学者对音乐和艺术不感兴趣

讨厌婚姻的声音　每天用餐一次

要吃好的　食不厌精

饭后　这个幽灵溜出他的斗室

优雅的散步者　向公爵致敬　让美丽的妇人

吻他的手　他使邻居们用来回家　或外出的道路

只适用于审美　每次都是漫步到　那个要塞

在一堆古代的石头前驻足　随即返转

下午　他穿着背心整理房间　阅读杂志

黄昏后不点灯　站在窗子旁边

与一座教堂　对视良久

十点　康德关灯睡觉

靠上枕头　住在这个大脑里的十八世纪

才有思想　才能琢磨点什么

1990 年 3 月

弗兰茨·卡夫卡

此人患了"写作这种病"

布拉格市　策尔特纳胡同

他自称是世界上最深的房间

适合于自由撰稿

左边这道门　通往父母的婚床

噪音　与生殖有关

右手这道门　是客厅　话题只涉及商务

亲人们对天才熟视无睹　除非死掉

否则　凡人所遭遇的一切　他也应当遭遇

小市民　肺病患者　保险公司的职员　甲虫

大师在世　持有的是这些身份

老儿子　在街头闲逛时常常被父亲喝住：

"弗兰茨，回家！天气潮湿！"

"他身上没有什么引人注目的东西，

他默默地亲切地微笑"（同学瓦根巴赫）

二十世纪的变形记　包括这些细节

多年来一直在谈恋爱　手持玫瑰的老骑士

先后三次订婚　准备当丈夫和父亲　未能得逞

白天在公司里上班　写工伤事故调查报告

视办公室为地狱　却由于在地狱中

很多年表现不凡　频频得到晋升

写作是他的私活　毛病　与薪水无干

就像胸痛和咯血　手术或服药才能缓解

他因此想把手稿烧掉　"彻底切除"

一个骇人听闻的念头　如果此人得以下手

受难的不只是德语　也是象形文　拉丁文　英文

他四十一岁时死于肺病　一九二四年六月三日

"他是那么孤独，完全孤独一人，

而我们无事可做，坐在这里，

我们把他一个人留在那儿，黑咕隆咚的，

一个人，也没盖被子。"（女友多拉·热阿曼特）

他身上没有什么引人注目的东西

他默默地亲切地微笑

1993 年

贝多芬纪年

十八世纪某月某日

晴　西南风三级

最高温度二十一度

贝多芬诞生于一张床上

十八世纪某月某日

一只肥皂盒掉在地下

另一只脚走进一只拖鞋

莫扎特说

留心这个贝多芬

他将要轰动世界

十八世纪某月某日

"您好！晚安！"

"您好！上哪去？"

贝多芬第三次失恋

十八世纪某月某日

拿破仑回到欧洲

教皇为皇帝加冕

贝多芬患感冒

体温三十九度

十八世纪某月某日

市政府公告

尚义街今日修下水道

禁止一切车辆通行

贝多芬创作第九交响乐

十八世纪某月某日

某地一职员病休在家

某地一剧院客满

贝多芬双耳全聋

十八世纪某月某日

好天气　供应烤面包

一个男子和他老婆上床睡觉

路德维希·凡·贝多芬逝世

1986 年

文森特·凡高

凡高　外省地方的乡巴佬

红头发的疯子　一辈子　只会画画

种了几株向日葵　无人理睬　只有太阳

悄悄地跪下来　为它们祈祷

三十七年　调色板从未干过

世界无视你的视觉　它分派你贫穷　饥饿　卑贱

人不助你　神不助你　痴人一意孤行

艺术史上的黑夜　你像哥白尼那样计算　神的向日葵

应该在哪一处脱离大地　重新在画布上　复活

二十世纪　你的葵花子　被神的大锅炒熟了

每一粒都价值千金　亲爱的文森特　女士们久仰了

男诗人为您献诗　只是"他长得怎么这么难看，

尖嘴猴腮，还绑着一头绷带。"

站在那不朽的肖像下　艺术人士

个个神经正常　耳朵完美无缺

一百年过去了　凡高之于凡高

仍旧是圣雷米医院　那位尚未出院的患者

259

无论这疯人怎样用火焰燃烧自己的　手指

世界这个女郎都毫不动心　她的视线

越过某个终身未娶的怪物　停留在沙龙昂贵的墙上

把那些个永恒的向日葵　雅正

　　　　　　　　　　　　　　　　　1994 年

比利·乔或杰克逊

黑歌星比利乔　爬满甲壳虫的阳具
在石油的黑暗中　他的喷射是嚎叫
叉开强奸者的腿　奴隶与兔之歌
这样的歌唱拒绝耳朵　死亡喉咙
沙粒　玻璃块和滚石　麦克风的刺刀与生俱来
声音疯人院　撕裂野兽之外的　扫荡炸毁
最真实的波　来自思想之外
让长满音乐的耳朵滚回五官科去
石头的耳朵　钢块的耳朵　红色坦克
大麻和子弹和耳朵　比利·乔创造了耳朵
音乐的命名者　最真诚的歌星　世界的呕吐人
圣徒　他代表我个人的嚎叫　我想叫的
罐头　墙　和一只猩猩所想叫的
他进入我们内部不是耳朵内部　不是身体内部
不是心的内部　他进去　像电钻一样突突而进
当它粉碎了耳朵和所谓心灵　毁掉了钢琴和鼓
我们才开始学会倾听　开始感到听的疼痛

1990 年 6 月

读弗洛斯特

在离大街只有一墙之隔的住所
读他的诗是件不容易的事情
起先我还听到来访者叩门
犹豫着开还是不开
后来我已独自深入他的果园
我遇见那些久已疏远的声音
它们跳跃在树上　流动在水中
我看见弗洛斯特嚼着一根红草
我看见这个老家伙得意洋洋地踱过去
一脚踩在锄头口上　鼻子被锄把击中
他的方式真让人着迷
伟大的智慧　似乎并不遥远
我决定明天离开这座城市　远足荒原
把他的小书挟在腋下
我出门察看天色
通往后院的小路
已被白雪覆盖

1990 年

262

二 十 岁

二十岁是一只脏足球从玻璃窗飞进来又跳到床上弹起
　　来落下去
在臭袜子黑枕头通洞的内裤和几本黄色杂志里滚几下
　　就不动了
呼噜呼噜大睡挨着枕头就死掉了没有梦醒过来已是下
　　午三点半
二十岁是一棵非常年轻的树在阳光中勃起向天空喷射
　　着绿叶
是隔着牛仔裤的千千万万次冲动是灵魂出窍的爱是狼嚎
想垮掉想疯掉想砸烂想撕裂想干想脱得精光想拥抱着
　　但不想死去
一次次年轻的性交在四月的天空中被迫成为见不得人
　　的手淫
一个个伟大的念头在钢筋水泥的世界里碰成一颗血淋
　　淋的脑壳
二十岁充满汁液充满肌肉充满爆发有一万次机会的
　　二十岁

我的年轻我的令少女们发抖我的使世界失去安全感的
好时光

我骂拿破仑是杂种拍着上帝的肩头宣布要和他老婆睡觉

那年代每个二十岁都是一个大王一个将军一个司令一
个皇帝

二十岁有一个军团的希特勒有十颗原子弹有十万条枪
足以攻打全世界

那时候打就打了杀就杀了干就干了无所顾忌赢了也说
不定啊

二十岁世界多大啊多陌生啊多不得了啊路多得你数也
数不清了

二十岁没有领土没有官衔没有存折没有风度没有病历本

二十岁胡思乱想从非洲驰骋到西伯利亚坚信着总有一天

敢想不能干能说不得做世界的大餐桌上没有二十岁的
座次

大骂这个老态龙钟的父亲这个世故保守的父亲这个吞
吞吐吐言不由衷的父亲

终于有一天你发现二十岁的花蛋糕已吃光掉才明白世
界并不当你一回事

只得开步走只有两条腿属于你走也得走不走也得走

愣头愣脑糊里糊涂懵懵懂懂胡说八道一头撞在铁上

你发现这条路是你最不愿意走的那一条最不喜欢的那

一条
没办法啊是你自己的脚把你的足球踢出去落下去了
踢就踢了落就落了人生不可能老悬在脚上总得落个实处
只是有些感伤有些遗憾茫然二十岁本来有更多的名堂
只剩下些流行歌曲只剩下些青春诗句只有些麦地玫瑰
　　月光

1983 年

北郊工厂的女王

北郊工厂有许多漂亮的小伙许多鹰眼都记得你
记得一个穿工装的气质高贵的姑娘扎黄蝴蝶骑红单车
你在黎明驶进上班的人流时世界突然安静了
你按着铃铛像一只美丽的麂子穿过宽肩膀的峡谷
许多胡子脸都红透了像一颗颗在雾中上升的太阳
天天那些小伙子都找呀找呀慢慢骑在车上前瞻后顾
大家心照不宣你上白班他们也要求上白班了
许多传说从十八岁就缠着你许多美丽的传说
说是你收到许多许多红信封有一回手都被烫糊了
说是你很高傲臭美说你发誓决不嫁给当工人的
说是有一天你和一个大兵咔咔咔咔在南屏街上走
为了这个传说有许多大兵莫明其妙吃了小伙子的拳头
又传说是市长的儿子招来许多叹息诅咒羡慕嫉妒
据说有一个弹吉他的铁匠为你自杀了又说疯掉了
这些天北郊的小伙子们吐出的烟圈比大烟囱还浓
又传说你上夜大了学英语夜大的名额一下招满了
很多年很多年你是那条路上的希望是人海中的一朵鲜花

很多年许多胸膛敞开着像是一个个等待着春天的空花瓶

终于有一天你出嫁了嫁给煤机厂的一个木工

小伙子相貌很平常很瘦好像你的个子还比他高一点

你们公开地骑着单车肩并肩有说有笑穿过那宽肩膀的峡谷

那峡谷于是有点辛酸有点后悔有点失望又有点高兴

高兴你找了一个和他们一样骑单车上班的小伙子

高兴你多美丽多美丽的女王呀嫁给了工人阶级

于是有许多自信在你们身后升起来升起来

再后来你当母亲了你的小女孩是一只红蝴蝶

她坐在父亲单车的后架上一家三口还是两辆单车

一只红蝴蝶一朵白茶花一棵橡树你们一家子上班下班

当你们穿过峡谷的时候胡子脸们仍旧呼吸急促

那些钳工铆工车工翻砂工锅炉工电工技术员和司机

望见你心就跳得像锻工房的大汽锤

有一个锻工甚至因为眼睛发直从单车上摔下来了

1983 年

大　池

下班路上灰色的人流在这里消失了

变成了一群雕塑被夕光和水刷得闪闪发光

威严谦卑清高圆滑手杖帽子眼镜皮鞋口罩面霜皮包

等等大街上用的东西都脱光了人类在大池里变得

轮廓分明长的短的胖的瘦的红扑扑白生生挤在一起

松弛颤抖喘息坐着站着躺着个个如醉如痴

像是筇竹寺的五百罗汉都脱光了一本正经的下面

原来都藏着油肚黑毛红痣胎记排骨和胯甩来甩去

工人们看见书记的胸脯那么肥嫩忍不住笑了

他在大会上那么威严铜墙铁壁没有丝毫脂肪的样子

有的男子健美如久已失传的兵马俑使另一些男子嫉妒

悄悄地钻到水里去了在这儿每一个人都要公开自己的

每一寸皮肤骨头就是骨头皮子就是皮子头发就是头发

疤痕就是把哼不得言此意彼中国的另一截身子藏在汉语

后面藏在名字家庭出生职务政治面貌衣服钱包镜子后面

洗涤着污垢说着关于身体的笑话不断地谈起不在池中的

女人们黄门侍郎吏部尚书京兆尹中书令王麻子李小四
张老三斯大林罗斯福希特勒和我都在这个池子里面泡着

1989 年

作品 19 号

那楼又瘦又高又不记得是什么颜色
就像那个拾破烂的老头喝了酒斜斜歪歪
小时候我天天坐在一只土黄的草垫上
望着蜂窝煤望着四四方方的天空背书
夜里最多只有八颗星我一遍一遍地数
我爸爸从来不准我跑下楼去从来不准
卖糖的老头在楼下笑眯眯地喊他也不准
我知道大柜子里有一个黄木匣子
里面有大闹钟有一副牌和一瓶钙片
那个七点半准时唱歌的姐姐是英语教员
每星期三都有一个跛子站在街对面
一小时一小时愣巴巴地看她的白窗帘
她有一次对我妈说她有些害怕
我说我不怕夜里一个人上厕所我也不怕
过老年妈妈在灶房里掼碎了一只汽锅
此后每逢过年她都要讲起这只汽锅
那天下午波斯猫偷走了我的一条白鱼

我呜呜呀呀地哭睡了午觉又坐着哭

我奇怪外婆怎么呵呵呀呀地笑不住

是不是她早和猫约好了是一伙的

从来没有一个女学生来找过我

我老是穿一条有补巴的灯芯绒裤

倒垃圾的大爹天天摇着铃铛来

我至今还记得夕阳照着他的黄铜铃铛

我的脸老是洗不干净一天五次也不干净

在这楼里我过了童年又过了少年

我永远忘不了那座睡着外祖母的黑漆棺材

这楼现在已不知去向谁也不知它在何方

它从前站的那地方冷冷清清空空荡荡

只有一群建筑工在那里打桩

只有我还记得它的样子

记得门上那对发黑的铜环

1982 年

作品 49 号

从前他在食堂门口向很多人借过饭菜票

他卖工作服卖铜卖牙膏皮空酒瓶他苦恼卖不掉自己

他开病假逛大街看红红白白的标语看人们谈恋爱

他把裤管改细学华侨但一蹲下就绽开线了

他夜里两点钟起床练哑铃唱革命歌曲上厕所

他爱的姑娘一个也不嫁给他叫他拿镜子自己照照

照就照吧他戴歪帽子斜叼烟对着镜子照了好多年

去年他说要赚大钱去说走就走掉了

厂里的人说总有一天他还要回来向我们借饭菜票

他回来了红摩托停在车间门口精工表戴在左手腕上

全厂都停下来卷袖子的提榔头的拭油手的都竖着耳朵

他穿着真正的牛仔裤发名牌烟给同志们讲他发财的故事

这烟真好啊真过瘾可同志们一声不吭

女工们第一次发现他很英俊说不定舞也跳得很好呢

那时候有人悄悄地从自己的丈夫身边移开了一点儿

那些丈夫们摸摸他的摩托像摸着一团鲜红的火问他多
  少钱买的

他说钱好找关键要看懂《人民日报》要相信党相信政府

这狗日的是装佯呢故作高深呢耍我们呢讲大实话呢同

　　志们表情复杂

后来他说他太忙要去银行去订合同晚上还要听课学五

　　线谱

他嘟嘟嘟飞驰而去真像一个骑骏马的将军

他走了这个小工厂就像从前游击队经过的村庄

许多人一夜不眠

　　　　　　　　　　　　　　　　　　1985 年

作品 51 号

去年我常常照镜子看手表擦皮鞋买新衬衣

我读《青年心理学》读一角一张的小报

弹吉他跳伦巴唱流行歌听课等等都干过了

干过了忘得干干净净只有她叫我夜夜伤心

她从小和我一起玩石头见过我在二楼的窗台下撒尿

她长大了长高了长美丽了开放在那些铁丝煤堆尿布中间

她的胸脯真高啊在城里真少见她梳着长辫子这年头真
    少见

我们不好意思啦心跳啦不打招呼啦昂着辫子和平头

我天天见她捂火纳鞋底腌冬菜抱着姐姐的娃娃站在木
    门边

她真温柔啊叫干什么就温柔地干什么她上过小学没有
    入团

她说我将来一定会当大诗人写好多诗她说她真羡慕我
    她很自卑

我紧挨着她在院坝里看电视看一个男人吻另一个女人

我的手燃烧着去舔她的手但她一疼就缩开了

缩开了剧终她姐姐叫她回家关窗子关门捂火

她去捂火我跟着穿牛仔裤披头发的女生跳迪斯科

跳累了我们坐着喘息风就从我们肩头下的峡谷中流掉
　　了真凉快

她知道萨特普希金知道弗洛依德她喜欢毕加索

她说她的忧郁是扇形的

我也很忧郁她喜欢毕加索是什么意思啊是什么意思啊

这些都是去年的事情过去的事情甜蜜忧伤痛苦疯狂的
　　事情

喜欢毕加索的人多得很多得很小时候的邻居永远只有
　　她一人

啊　只有她一人

她结婚那天我没有去这年代真令人迷惘我失去了辫子
　　也得不到毕加索

得不到得不到我照旧照镜子看手表擦皮鞋哼最流行的歌

　　　　　　　　　　　　　　　1984 年

邻　居

他们又吵架了瘦男人和胖女人锻工和翻砂工吵架了

冰块辣椒石头镪水刀子大粪从套间里喷出

老远也听得见

一层楼的门砰砰砰砰都关死了

墙隔着一双双耳朵

他们又吵架了十年来那女的总是嚷离婚离婚离婚

十年来邻居们听见他们吵就去关门像天黑要关门那样
　　自然

那女的砸了酱油瓶砸水杯砸了碗柜砸灯泡砸地板

孩子和鸡站在门背后缩成一团

那男人不出声气邻居从来没听见他哼一声是哑了是死
　　了不知道

邻居叫他排骨可又不懂他怎么还打得动铁

那女人说她一巴掌能拍死他就像在帐子里拍一只蚊子

后来听不见声气了后来窗帘下了灯熄了

后来他们手挽手进城后来买回一大包东西

于是那些门又开了大家又去淘米洗菜又从他家门前经

276

过……

那女的笑起来可真是美丽呀

1984 年

尚义街六号

尚义街六号

法国式的黄房子

老吴的裤子晾在二楼

喊一声　胯下就钻出戴眼镜的脑袋

隔壁的大厕所

天天清早排着长队

我们往往在黄昏光临

打开烟盒　打开嘴巴

打开灯

墙上钉着于坚的画

许多人不以为然

他们只认识凡高

老卡的衬衣　揉成一团抹布

我们用它拭手上的果汁

他在翻一本黄书

后来他恋爱了

常常双双来临

在这里吵架　在这里调情

有一天他们宣告分手

朋友们一阵轻松　很高兴

次日他又送来结婚的请柬

大家也衣冠楚楚　前去赴宴

桌上总是摊开朱小羊的手稿

那些字乱七八糟

这个杂种警察一样盯牢我们

面对那双红丝丝的眼睛

我们只好说得朦胧

像一首时髦的诗

李勃的拖鞋压着费嘉的皮鞋

他已经成名了　有一本蓝皮会员证

他常常躺在上边

告诉我们应当怎样穿鞋子

怎样小便　怎样洗短裤

怎样炒白菜　怎样睡觉　等等

八二年他从北京回来

外衣比过去深沉

他讲文坛内幕

口气像作协主席

茶水是老吴的　电表是老吴的

地板是老吴的　邻居是老吴的

媳妇是老吴的　胃舒平是老吴的

口痰烟头空气朋友　是老吴的

老吴的笔躲在抽桌里

很少露面

没有妓女的城市

童男子们老练地谈着女人

偶尔有裙子们进来

大家就扣好钮子

那年纪我们都渴望钻进一条裙子

又不肯弯下腰去

于坚还没有成名

每回都被教训

在一张旧报纸上

他写下许多意味深长的笔名

有一人大家都很怕他

他在某某处工作

"他来是别有用心的，

我们什么也不要讲！"

有些日子天气不好

生活中经常倒霉

我们就攻击费嘉的近作

称朱小羊为大师

后来这只羊摸摸钱包

支支吾吾　闪烁其词

八张嘴马上笑嘻嘻地站起

那是智慧的年代

许多谈话如果录音

可以出一本名著

那是热闹的年代

许多脸都在这里出现

今天你去城里问问

他们都大名鼎鼎

外面下着小雨

我们来到街上

空荡荡的大厕所

他第一回独自使用

一些人结婚了

一些人成名了

一些人要到西部

老吴也要去西部

大家骂他硬充汉子

心中惶惶不安

吴文光　你走了

今晚我去哪里混饭

恩恩怨怨　吵吵嚷嚷

大家终于走散

剩下一片空地板

像一张旧唱片　再也不响

在别的地方

我们常常提到尚义街六号

说是很多年后的一天

孩子们要来参观

1984 年 6 月

礼拜日的昆明翠湖公园

大隐隐于市　旧公园　一盆老掉牙的古玩　居然　在
　市中心逍遥法外
超级市场的眼珠上　种植岛屿　扶持生物　遗老遗
　少　不外是
小桥亭子　茂林修竹　金鱼　假山　杨柳岸晓风残月
日日旧　落后于新时代　节奏缓慢　懒散　庸人的拖
　鞋　先锋派不屑一顾
只是小市民　时不时要进来　脱离斑马线　脱离格林
　威治标准时间
成为喝茶的人　玩扑克牌的人　谈恋爱的人　成为游
　手好闲的　在野者

同志们　在单位钩心斗角　在宿舍同床异梦　在人行
　道上麻木不仁
只对　丽日晴天　风花雪月　只对　茶叶　心悦诚
　服　不嫉妒
在城里　只有公园的门票　能够统一人品　不必宣传

283

动员　不必强迫

这儿比教堂更有魅力　有罪的人和无罪的人　半信半

疑的人和无神论者

都松开了拿着的手　礼拜日　逛公园

竹林岛　星期天的太阳　比星期六柔和　昨夜下过雨

树还未干　草有些湿

圆桌　一张张在林荫间散置　犹如一只只长腿的白鹳

在接受驯化

小径已经古朴　三百年脚印　才打磨出这等文物无人

在意　踩着它　回清朝

"小姐　倒几盅茶来"　一大家子　扶老携幼　背着麻

将和点心　拎着水果

在柳树和枫树之间　就座　一模一样的靠背椅　不分

家长位　晚辈席　铺开布

麻将打起来　淡水鱼的游戏　小赢小输　不图个你死

我活　罪孽边缘的娱乐

光明磊落　玩得比较轻松　洒在桌子上的不是象牙金

子　是无偿的　碎阳光

终身不嫁的老姑姑　忘记了钥匙　在一只蜜蜂的脚下

面　含着水果糖

当众睡着了　她的老妹妹　悄悄地说

"拿件衣裳给她盖着腿，莫被蜜蜂蜇着。"

三点钟进来时　个个还衣冠楚楚　站有站相　坐有坐
　　相　他舅舅

特别注意　不揉皱裤子上的线条　胖姨妈　最担心果
　　汁　滴在旗袍上

他叔叔　要戴着墨镜　看有色人物　他父亲　在一群
　　蝴蝶中　正襟危坐

一刻钟后　礼貌纷纷瓦解　男女老少　已经宽衣解带
　　先后随便　微笑相当普遍

毛呢真丝　犹如森林中的兽毛　不再是人的面子　贵
　　贱贫富

而是家常日用的睡衣　短裤　汗衫　袜子　裤腰带
　　手帕　抹布

脚趾头露出来　痣露出来　胳肢窝露出来　面目露出
　　来　身材露出来

心不在焉的一群　在体现中　原形毕露　就像假面表
　　演结束

脱下装神弄鬼的面具　"认出来了吧　我是雌猩猩。"

过期风景　缺乏新鲜感　没有艺术特色　无人摄影留念
一桌　四个男人玩二十一点　郊区的工人阶级穿着羊

285

毛背心　牛皮鞋

另一桌　男男女女　花花绿绿　嗑瓜子掰石榴　削梨
　　啃甘蔗　喝三种水

发言的　说天下大事　发呆的　想个人问题　发笑的
　　发现了好笑的　另一桌

下白子黑子　另一桌　看书　另一桌听鸟叫　另一桌
　　看另一桌的美人

小家庭　石凳上做梦　三位一体　四世同堂之族在草
　　地上午餐　印象派的起源

湖面上停着些画舫　一艘　坐着小王和小赵　另一艘
　　昆生和丽媛　鱼戏莲叶北

有人空地上舞剑　有人唱花灯　有人在柳树下梳头
　　有人形单影只　独立

有人成群结党　社交　有人把脚放入湖水　有人用神
　　仙的声音问：

"是哪里的缅桂花开　这么香？"

一个被阳光收罗的大家庭　植物是家什　人是家长
　　活着的　都是亲属

蛇伸出头来　吃些零食　鸟跳下来　与人争光　抢地盘
　　比高低　鱼戏莲叶西

各族昆虫　明目张胆　打开翅膀　拱出甲壳　开始户

286

外活动

磨磨蹭蹭　路过桌子　茶杯　手表　金戒指　新大陆
　　令爬行者眼界大开

会被正在捕风捉影的蜻蜓　戳着鼻梁　会被盲动的小
　　飞虫　一头撞上眼睛

会被树枝　揪住头发　会身不由己　被阳光驱赶着
　　从热点向冷门转移

黑色会计师　在石拱桥上　突然发现　世界的背景材料
　　不是货币　而是

空气　中年人　像骆驼出了沙漠　眼睛潮湿　裙子们
　　举着几个女学生

匆匆穿过　绿杨荫里白沙堤　在夹竹桃和仙人掌那边
　　桃花潭水

深千尺　同学目前的作业　是把手伸进水中　摸一下
　　金鱼

托着荷花的　刺　老儿子　在六角亭里遇见了父亲
　　子曰：

"刚刚　在西园　看见竹笋"

风像一个老裁缝　握着凉快剪刀　把这一日　裁剪成
　　闪闪发光的　疏影横斜的

轮廓分明的　摇曳多姿的　裁剪成　粗线条　细线条

冷调子　暖调子

民国以前的色谱　旧话本中的木刻　令大碗岛的修拉
　　暗自惊喜

上帝的大碗　怎么到处都有　这一碗云南沱茶　他可
　　是无从点彩　着色

鱼戏莲叶东　水边多丽人　在遗传的园林美中　流行
　　于封面的淑女　张开

樱桃小口　把一块块果皮　吐进　被公众　形容为
　　"一面明镜"的湖

林中有高士　抒情怀古之余　在草地上　踩灭了第
　　九十九个烟蒂

"不准随地吐痰""不准乱扔垃圾""小便入槽""讲
　　文明　讲卫生"

是写给外宾看的　口号标语　官样文章　对人民的仙
　　风道骨　无效

斯事天天发生　自古如此　没有人大惊小怪　在公园
　　的书法中

此类细节　从来不予记载　得以勒石铭圃的　汉字
　　总是

水月轩　湖心亭　九龙池　明月松间照　清泉石上流
　　鱼戏莲叶南

到傍晚　整个岛　都朝阴影中倾斜　最古典的光线
　　只有半小时
身在其中　如果视散落于各处的污秽于不顾　少数人
　　会以为故国依旧
近黄昏　稍后　风停下来　树暗下来　天暗下来　水
　　暗下来　人只得出去
离开公园　在五幢楼一单元的第七层　亮处看它　这
　　块地皮　确实只是
黑暗的一小盆　边缘　正在霓虹灯的围观下　一点点
　　萎缩

1996 年 6 月 23 日写

7 月 10 日改

7 月 12 日又改

289

作品 100 号

在绿叶簇拥的窗口想象冬天的房顶

在红漆锃亮的地板想象海底的泥滩

你明白现在你活着　身体健康

你的生命得到一只苍蝇的证实

当它降落的时候　你搔了搔鼻尖

在一间屋子里　在一把椅子上

面对一只闹钟　你变换着生活的姿势

就像你的语言　人们感到熟悉而亲切

阳光很好　冬天很遥远

那是鸟儿飞不到的地方

心平气和　你不为俗务操心

你知道将来　有一家医院会收容你

你会风度翩翩地安息

像一个大腹便便的绅士

被人群簇拥着走下火车

又洁白又干净　鲜花为你盛开

你在黄昏散步　不会被砖头砸破脑袋

你和大家友好相处　相敬如宾

没有谁会给你一刀

一切都很好　一生都已安排

早餐牛奶面包　手纸在浴室里

风景在窗帘后面　喝茶可以减肥

现在是北京时间七点整　下面报告新闻

或许你深思熟虑　和某某赌气

一把刀片　在有人爱你的时间

不出所料　吊唁的人群来了

美丽的苍蝇　舔你死亡的蜜汁

"哎呀呀　一大摊血　一大摊

比我的口红还深

要是口红有这种颜色　替我买几只"

"眉头再拉紧一点　嘴巴要闭紧

眼泪要一颗一颗地挤

珍珠般晶莹　才好看"

"快走吧　快走吧　要站在尸体旁边"

"快走吧　快走吧　千载难逢　机不可失"

"这是某某！""这是某某！"

"您好！""您好！""来玩！""来玩！"

"哟，好漂亮！全黑的裙子，在哪儿买的？"

人们欣赏你的脖颈　刀口拉得太细

"要是用砍刀　那才精彩！"

头在这边　身子在那边　那才精彩！"

一整个星期　人们亲密无间

谈你的往事　争先恐后

人人都爱你　原谅你的过失

烤鸡吃掉了一大群　外加啤酒

九点钟人们跳舞　两个一双

真想再来一回　这次要播放哀乐

柴可夫斯基　伟大的俄罗斯人

女士们读过他的传记

"您要不要斧子　我家里有一把

不要客气　您可以悄悄地带走"

你不要　你想得通　一生都想得通

你订着《健康顾问》

阅读描绘死亡的书

在床头挂着死神的肖像　价值连城的名作

你和它促膝谈心　如胶似漆

谈金色的童年　初恋以及理想

在落日中你们感叹人生

心情美好　服两片维生素

喝一点鱼肝油

眺望马路上的春天

眺望一个又一个日子

少女们一群一群走来

又一个一个离去

鸽子一只一只飞来

又一群一群飞走

山洞一样幽深　天空一样高远

你常常想象死亡

想象它的舞步

你把水果刀打开又折起　咬下一片苹果

你想象死亡是一道闪电

一下就撕碎了拿破仑的一生

那一夜大海冲到天上

世界的头发　被死神揪住

又松开　海水落进坑里

你想象死神像情人一样悄悄走近

戴一双黑绒手套　忽然蒙住你的眼睛

把你从一群蜡烛中拿走

有人一声惨叫

你想象你跪在革命广场的砖地上

高举双手　哀求饶命

正义之剑直指你的喉咙　一挑

你就扑通倒下　脸浸在血里

革命的大皮靴

咔咔咔地踩着你的骨头走过

你想象自己靠在墙根

挺着胸膛　面对一排黑森森的枪管

你一声大喊：

开枪吧　乌鸦！

想得真好　真美好　真是美好

你有些累　喝点这个　补肾

你的时间还多

你还可以构思许多情节

你还没有发胖　你还结实

不要急　去医院还早

死亡是一种历史

一种宗教　一种崇高之美

它照耀我们　使我们心灵高尚

红光满面　活得长久

耐心一点　没事就喝点水

你只是一张车票

到时候检票的女郎

会把你轻轻地一撕　一点也不疼

你干干净净

车站干干净净

下一趟车十点钟开

癌症可以治愈

人们的日子会过得更好　充满阳光

冬天很遥远

那是鸟儿飞不到的地方

1986 年

三个房间

204 室的三个房间　属于我私人的城堡

不动　彼此依靠　又互不干涉　一门之隔

世界就是另外一种看法　另外一类词汇

只有视力和语法相同　声源来自一人　角色却是三种

犹如一头扮演豹子的豹子想象着　一头豹子

惟一的豹子　普遍的豹子　思维中的豹子

在第一个房间　我的声音充满音律　节奏

书籍　墨水瓶　钢笔　订书机　纸张　楸木桌面

工具放射着可见的光芒　精神的活计

为实体所环绕　忽视触觉　听觉　视觉

身体不动　君王一意孤行　存在已不存在

他在没有水的地方抵达深处　他在充满光的地方进入黑暗

点出黄金隐藏于地下的地址　供出与永恒接头的时间

获救之舌　它的说法　可以把世界捏造　切割

此人虚弱无比　书房是他惟一可以装神弄鬼的地方

世纪末的疯病室　在大白青天　四肢麻木

却让孔雀飘满歌剧院　让坦克与鸽子共舞

面对这个生动而堕落的世界咬牙切齿　不动

却要让神重返庙宇　让洪水滔天　让荒野蔓延

钢铁厂尘埃般散去　城邦毁灭　牧歌荣归故乡

但世界总是在另一个房间敲门　来自同一单元的音频

清晰可闻　从木纹中响起　请诗人去做午餐

在此屋他的声音是散文式的　具体准确　不能朦胧

盐就是 yán　水就是 shuǐ　胡椒就是 hú jiāo　饿就是 è

词必须能指世界　一切都要可以看　可以触及

可以闻　可以听　可以咀嚼　可以动　世俗之国

五味俱全　一只碗　一双筷　大米饭和三菜一汤

古老的仪式周而复始　感激神　又一次赐予我食物

赐予我水　盐巴　健康和繁殖的能力

神啊　在书房那边　你高不可攀　经常缺席

在这儿　你系着围裙　日日亲临

第三个房间是我睡眠　生殖与做梦之所

我的声音世界无法听懂　呢喃燕语　在不可言说之中

在这儿干什么我都赤身裸体　我不是希腊的男神

体态臃肿　其貌不扬　可它是我的身体　惟一的身体

没有镜子的房间　我是我的镜子　我是我的语法和词

297

我是我的神　我是我梦中的野兽　布满镜子的房间
人的形象就是我的形象　神的样子就是我的样子
活动就是我在活动　看见就是被我看见　我看见我
有床和枕头的房间　有窗帘和鸭绒的房间　自在的人
他像婴儿一样赤裸深睡　睫毛翘起　嘴唇微闭

极端的形式　是三个房间的仇视　分离　内战
如果一道门被钉死　贴上封条　一道门垒满沙袋
另一道门在火焰中燃烧　我的生命将同样破败　分裂
像悲惨的秋天　大路上四散的树叶
世界的独角戏　总是由疯人病院　独困一室的患者
贫民窟中　孤寡无助的难民　或者遁迹山林的隐士
扮演

1994 年 5 月 13 日

298

参观故宫

皇家宫殿　使"辉煌"形成一种实体

呈现于长城之内的平原　黄河流淌在它的北方

帝制早已废除　不朽的是木头和石头

在公元二十世纪　与钢混结构和玻璃幕墙共存

不朽的是工匠们的手艺　完美的造物　不仅收罗了

一个个王朝的自尊　也令目空一切的造反者　到此为止

形而下者谓之器　都知道是皇宫　都知道宿主姓甚名谁

但不知道　是谁锯的大梁　谁凿的台阶　谁雕刻的门板

在中国的历史中　这些　一贯被省略

形而上的建筑　布局深谋远虑

不是为了筑巢栖居　而是隐喻权力的尊严

上万间密室　只为了遮蔽一个人的真相

并且暗示　中华帝国　作为世界中央

一只君临万物的蜘蛛

墙壁　大部分涂成朱红色　帝国的眼睛　因此世袭色盲

金黄色的琉璃瓦　像大臣们　神采奕奕的脸　代表阴

　　谋的表面

结构的本质是钩心斗角　也是居民们日常的游戏

每根柱子都刚正方圆　高不可攀

椅子只能正襟危坐　绸缎拒绝抚摸

宫廷的内部并非漆黑一团　或明或暗

要看是在哪一个房间　哪一个位置

长廊幽暗无边　金鱼们弓腰驼背　提心吊胆

害怕着一时疏忽　就像鹦鹉那样咳嗽

三千宫娥　像三千株豆芽　在后宫半闭双目　直到秃顶

禁区　不适于穿短裤　不适于谈恋爱　不适于晾晒尿布

但可以五体投地　可以三呼万岁　可以心怀叵测　可

　　以绝育

从大门进到金銮殿前　游客要步行一小时之久

要经过许多朱红色大门　许多朱红色圆柱　许多朱红

　　色的窗格

朱红色的游客　没有一个　敢于采用　散步的姿势

皇帝的卧室已经没有皇帝　门户大开　任闲人参观

大家面对的不是朕　而是他睡觉的枕头　被窝

许多人仍然觉得双膝在发软　忍不住要下跪

1994 年 4 月

上 教 堂

哦　那是一座教堂　我自言自语　嚷出了声
野蛮人的惊讶　在根特的街上
没有人听得懂　我在对什么　大惊小怪
不是礼拜天　我不知道时间对不对头
没有人往那边去　热闹的方向　是商业区
可我得去　我的时间表和上帝不同　我得赶紧些
不是去祈祷　而是作为游客　看看
一座真的教堂　这就够了
在异国　有什么比它　更叫我牵挂？
在诗歌中　我多次地碰上它
但那儿　总是纠集着一大群赞美者
一大堆形容词　妨碍我看到它本身

这就是法院之上的法院？　最后的裁判台？
这就是令撒旦们畏惧的殿堂？
至少在表面　它没有传说中的那么严重　那么盛气凌人
哦　神的居室　被建造得如此动人　就像什么？

302

一位披着灰白色长袍的　大理石歌者

携着竖琴　在街头　行吟

"大教堂在风中建成……"

就像什么？　火焰尖锐的形式

但它的核心是冰冷的　没有燃烧物的嚣张

看它一眼　你就会永远　遭受再一次看到它的煎熬

就像什么？一具座钟　历尽沧桑的外壳

时间的避难所　在那儿

已经陈旧的教条　日日夜夜被顶礼膜拜

前仆后继的革命　对它无可奈何

也许是　我这个中国人　没有原罪　因此　我得以

肆无忌惮地瞪大眼　打量这所老房子

它确实不同凡响　站在城市的一隅

有些什么看不见的　在它的身上放射着

使周围的建筑　全都退避三舍

到了　随着几个肥胖的游客　外国的小市民

来自布拉格的鞋匠　大阪市的渔民

格鲁吉亚的厨娘和面包师　伦敦一所中学的门卫

我奇怪　这么出名的旅游点　竟不收门票

它是这个城市最慷慨的建筑　这个城市

303

免费的　供灵魂享用的旅舍

一只手把厚厚的门　推开　又传递给另一只手　进去了
来自不同迷信中的私心杂念
忽然间　都不由自主　模仿着别人　划起了十字
不一定都是教友　可都挂记着要上这儿来
都害怕在忙碌中　把什么　更重要的　疏忽
不太相信　可也不敢故意漠视
说不定真有一位　没有庙的
与这儿的主是一伙　在暗地里　把一切计较

里面　像是一个储藏室　烛光希微　没有电
散发着霉味　在黑暗中守旧
和一墙之隔　停满着小汽车的外面　多么不同
基督　似乎成了被流放的遁世者
脱漆的旧椅子　老掉牙的家具　布满灰尘的布
过道吱吱作响　让人以为　是回到了外祖母的老宅
可这儿依旧不适于一般的人居住　往日的殊荣
没落了　光泽消褪　这气氛却正适合
将一如既往者　继续侍奉

一些微光　透过巴洛克玻璃上的彩图

让眼睛　恰好可以分辨出　人和神　圣器和俗物

对这些　好读书的异邦人　早已耳熟能详

我注意着管风琴　注意着　人群中着穿黑衣服的人

注意着　一处处　晦暗不明的迹象

注意着那些　坐在中间的祈祷者

但我没有　注意到上帝

异教徒　在好奇中　竟忘记了最要紧的

是唱诗班　叫醒了我　这是在他的家里

一个洞穴　朝向光辉中的山顶

从下向上　从最矮处的耗子　到最高点上的蜘蛛　一层层

都朝那更高的　那个永不现身的　仰望着

他依旧是引领着一切向上去的锋芒

如我预知的那样　他张开双臂　被钉在十字架的中间

这个痛苦的男人　是一个被涂了金色油漆的木偶

他并不比　教堂本身　更打动我

我更喜欢　那些森林般的廊柱

更喜欢隐蔽在黑暗之上　托起了天空的拱顶

是朴素的顶　庇荫着不合时宜的圣事

仰望它　犹如婴儿们　在母体中

睁开羔羊的眼　看见的　一只只　浑圆的乳房

305

我更喜欢那些　环绕在廊柱间的石像

据说　这一个个　都有非凡的履历　电光石火　披荆斩棘

可在我这个外人看来　这些人无非是些中世纪的老外

哦　顽石　被何人　做成了皮肤上的体温　袖子上的褶皱

做成了当地人　婚礼晚宴上　俗不可耐的表情

是何等的匠人　何等的手工　打造出这样的活计

如果师傅　就是不露面的那一位　我倒是情愿皈依

匠人所侍奉的　我必侍奉

忏悔室就在过道旁　在一幕电影里见过

有人跪在那儿　隔着层黑布　向藏在密室中的　窃窃私语

出于对罪行的好奇　我竖起了耳朵　但一句也听不懂

我也有许多不可告人的秘密　想要说

包括这一桩小小的罪　我进教堂

不是为着侍奉天主　只为了"到此一游"拍些照片

作为回到故乡　向迷信的乡巴佬　炫耀的资本

可这是人家的教堂　人家的牧师　人家的神

人家　又哪有什么功夫

为了听懂个别人的　唠唠叨叨　去学习外语？

当然　在离去时　我听见了钟声

它被一切的耳朵所共有　教堂的钟声

从教堂的天窗里传出来　在比利时的根特

一个秋天的下午　乌云密布的天空中　回响

我和所有走在的路上的行人一样

听着　没有停下来

我们得在雨点落下来之前　撑开雨伞

　　　　　　　　1995 年 12 月 31 日　在昆明

卷
三

事
件

事件：写作

生命中最黑暗的事件　"写"永远不会抵达　所谓写作
　　就是逃跑的马拉松

在语言的地牢里　挖一条永不会进入地表的通道　它的
　　方向是朝向所谓深处的

它的目的地却在表面　舌头那里　一动就是说出的地点
从最明亮的地方开始　一页白纸

一支钢笔和一只手对笔的把握　这就是写作

古老而不朽的活计　执笔就意味着受苦　受难　受罪
　　逝者如斯　总有人前仆后继

条条大道通罗马　写作却通向一块石头　推上去又滚下来
　　这手艺使西绪弗斯英名千古

你干同样的活　上帝却不提供同样的礼遇　你只有自作
　　自受

写作　一个时代最辉煌的事件　词的死亡与复活　坦途
　　或陷阱

伟大的细节　在于一个词从遮蔽中出来　原形毕露
　　抵达了命中注定的方格

写作是被迫的活动　逃跑即是抵达

黑墨水的统治　强迫你像一只蜜蜂那样讲话　强迫你
　　长刺　采粉　构巢

并且于三月五日酿蜜　在法定的次序中使用隐喻　安
　　排主语和状语

强迫你拿起笔就形象思维　并顾虑到有人即将阅读
　　肥胖的沼泽　没有器官的强奸

这个暴君并非第三帝国　它不是石头墙壁　不是铁丝
　　网　不是毒气室

它在你写满字迹的地方　在你稿纸的空白之处　它在
　　你的逃亡和困守之中

在你的妥协　投降　懒惰　苟活　心平气和或歇斯底
　　里之中

光辉熠熠　黑暗无边　无休无止　无遮无挡

作者　永远被排除在写作之外　无法与他笔下的那些
　　交手　词并非棋盘上的木头

手挪动一下　战局就会改观　握笔的手却无法造物
　　你写下的并非你触及的　永远在书空

它强迫你为一束花命名时也暗示一个女人　当你说秃
　　鹰　人家却以为你赞美权力

被谋杀却无法指认凶手　在绝望的秋天发出的长信
　　被收件人误读为社论

说什么我来了　我看见　我说出　不被石头压住就算
　　是幸运了

伏案一生　我一直在我的手迹之外　在我的钢笔和墨
　　水之外　在我的舌头之外

我的一切词组　造句　章法　象征　暗喻　雄辩　我
　　的得意之笔

无不是垃圾　陷阱　猎枪　圈套　海绵或油脂

在我们一整代人喧嚣的印刷品中　写作是惟一的哑巴

哦，神啊，让我写，让我的舌头获救！

1994 年 6 月改

事件：风

窗口或者没有窗口　或者一个有风景的房间　或者没有风景
站着　然后坐下　然后站起来看　看前面　看左右　用眼睛
看见风景中的玻璃　玻璃上的斑点　玻璃外面的树和电线杆
看见一只鸟闪过　看见别的树　看见树下面的人行道
树上面的天空和对面的窗子　绿色的窗子　看见一辆汽车
小汽车　看见它是伏尔加牌　从看不见的地方开来
看见一只白皮球在滚　看见一个儿童　看见他的头
看见他从绿色窗子下的门洞里跑出来　看见他跳下街道
看见汽车突然刹住　看见轮子下面　红色的液体淌出来
看见司机打开车门　看见他弯下腰去　看见他站起来
看见他点燃了一支香烟　看见从看不见的地方
跑过来许多人　看见街道上站着人　看见灰色的男子
灰色的女子　灰色的老头　灰色的小伙子　灰色的少年
看见灰色的塑料袋　看见它　从看不见的地方走过来
看见绿色的窗子打开　看见一个女人张大了嘴巴
看见她的舌头　看见它微微地红着　看见她的眼球
没有动　看见她的手扒在窗台上　看见她的梳子

看见她伸出身子　看见她的头发散开　看见没有人的

窗子　看见　看不见的地方走过来一个灰色的警察

看见他的帽徽　看见他的黑色皮鞋　看见他的白手套

看见他的手表　看见灰色的担架　看见另一抬担架

灰色的　看见灰色的小汽车驶出人群朝着看不见的地方驶去

看见灰色的天　灰色的电线杆　灰色的树　灰色的玻璃

玻璃上的灰色灰尘　看见我灰色的眼睛停在玻璃上

这是一片风景　很多年前的一个下午　我看见灰色

看见风

1988 年旧作

2011 年偶然找到，稍改

事件：谈话

这是七月　雨下了一周之后　或许是一周下雨之后
总之　在无数时间的一周之后　外而安静了
汽车少　小孩不哭　也没有东西坠落
雨一类的事物　把世界包裹在它的霉菌中
一周没有出门　外面陌生了　不知道街上在卖什么东西
都在家里呆着　而用来流通的道路　就只有雨在漫步
这样是好的　家是家　雨是雨　一个不为了另一个存在
当门终于停下来忠实地供奉它的职位　我们却期待着
　　一次入侵

毛孔在饭后张开　淫荡的孤独中　我们辨认着外面的
　　声音
晚七点　天气预报完毕　雨还要持续一周
某人来访了　胖子或是瘦子　黑伞或是白伞
记不得了　入侵者的脸　干还是湿　我们从来不注意
　　具体的事实
当时有人握了手　冷的或是湿的　有水在指甲上
一位熟人领他们来　他们是附近惟一的过路者

316

躲雨　找到个好去处　有好主人　好椅子　好茶
当然比街檐下好　雨比人更陌生
两位来访者　像两块飞来的蛋糕　并且刚刚浇上奶油
万事万物　从聊天开始　我们的一生　都是这样
谈话　好显得屋里有人在　有世界　也有感情
素昧平生　这不要紧　谈话是构筑爱的工具
一杯茶的工夫　就串起一大群名字　各种轶闻的冰糖
　　葫芦
我们发现　彼此是熟人　他不是认识李吗
而李是张的同学　张又是赵的母亲接生的
我们都吃过一种牌子的啤酒　上周还开过三瓶　伤了手
认识了　都是有来历的　有户口的　大家也就放松了
　　臀部
陷下去　但雨还在下　它不存在放松这个问题　它在
　　世界之外
好吧　让我们来谈谈他　一棵树上　这么多桃子
我们先挑这个最红的　关于他的鼻子　我们讨论了十
　　分钟
而此人的慢性鼻炎　我们一直不提　在九点一刻
我们得出结论　他的鼻子是他的运气　可怜的鼻子
上周到了美国　一星期挣八百元　减肥很方便
他妈的　那边总是好天气　这话引起了一场　沉默
谈着的话忽然不翼而飞　只剩下嘴巴　牙齿和舌根那

317

儿的炎症

话再一回响起来时　漂移已在别一片水域了

这回的语法是　如果……就　假如……就好啦

还有　怎么办呢？　意味着什么呢？

假如雨是朝天空那个方向下就好啦　意味着一种拯救

说得很好　有意思　总有一人会恰到好处把关键指出

然后咧嘴一笑　嘴就那么残酷地往两边一闪

避开了爆炸的牙齿　但是……当这个词出现

就预示着一个高潮近了　有人将要愤怒　有人将要把
　水吐掉

有人将要思考反省　但是先喝点水　把痰咳净

换支烟　一整套的动作　谈话中的体操　具有音乐的
　秩序和美

舌根再次挤着上颚　像是奶牛场　那些工人在搓捏乳头

（中速）（行板）（庄严的）（欢乐的）（快板）

（热情）（缓慢　宁静）（3/4 拍）（渐起）（重复第四段）

通常　一张嘴上爬着三到七只耳朵　而另有几只

早已骑上摩托　溜得无影无踪　长着耳朵的脸

看见这些话　以主谓宾补定状排列　刚刚进出牙缝

就在事物的外表干掉　无论多么干燥　主人也得管住
　自己的耳朵

专心听讲　点头　叹息　微笑　为他换水　表示正在
　接收

谈话者就相当兴奋　娴熟地使用唇齿音　圆唇和鼻音
像在修改一位夜大学生的作业　在这里划上红线
在另一行写上　？　在结尾　他批阅道　主题还不深刻
雨还在下　有什么开始在渗漏　不管它　话题　得再
　　搬迁一次了
交流开始有些艰难　幸好　这房间是干的　我们就谈
　　干的东西
干的家具　干的婚姻　干的外遇和薪水　干的卫生间
干的电视和杂志　干的周末　在干的地方度过的干假期
没有体积和重量的词　空灵　干　自由自在　终于撞
　　着了一回
小幽默　当它在假牙上　停了一下　我们立即穷追不舍
笑得前仰后合　也就是胖的人倒向沙发　眼泪横抹
而瘦子却扑向前　捂着脑袋　泪水滴在地上
十一点整　这是通常分手的时间　规矩　大家都要睡觉
雨是次要的　再大的雨　都要回家　走掉了
熟人和某某　打开伞　在雨中制造出一小块干处
雨仍然在下　它在和大地进行另一种交谈
大地回应着　那些声音　落进泥土
消失在万物的根里

　　　　　　　　　　　　　　　　　　1992 年作
　　　　　　　　　　　　　　　　　1997 年再改

事件：诞生

世界上最日常的事件　人体起源的细微末节

远离乡村的接生婆　远离"黎明前的黑暗""拂晓"

没有大蛋糕　没有红蜡烛　没有小礼物和乳名

没有一群喉咙　为你唱"生日快乐"　伟大的时辰

神父在剪脚指甲　他不操心世上的生死　而　"诞生"

多数是发生在省立医院　人人皆知的老房子　健康者
　的噩梦

细菌的集中营　发炎的蜂箱　喧哗与骚动　圣马太受
　难曲

而它的象征在诗歌中　却是"冬天是白色的"　这优
　美的一行

三千具人体器官　在各诊室表现自己　脸在五官科

肝在内科　腿在八楼　心在心电图上　尿道在急诊室

长走廊　连接着抗菌素和红血球　连接着停尸房与产科

生孩子并不比等死更引人注目　一样要挂号　排队付款

接受望诊　触诊　化验血和口痰　确诊　这才裹上白布

性别鲜明的女人被推进妇产科去了　"闲人免进"

那个把"诞生"说成生孩子的丈夫　被闲置在长走廊上

四十八小时　黑夜　白天　上帝自有上帝的时间表

关于生辰和死期　我们尚未造出准时的闹钟

等待是古老的行为　等待着　死亡或生命自然会来

他沉默在医院的走廊中　一只焦虑的羔羊　看不见的手

像是优秀的意大利面条师　把时间磨成粉末　又揉细
　　搓长

手表无可奈何　思想无可奈何　行为无可奈何

第一回　他注意到了"走廊"这种东西　他的现场

八个痰桶　七盏日光灯　十八块玻璃　三千条痰迹

形而上的男子　以前他天马行空　从未对现场投下过
　　一瞥

这个漫长的夜晚　他的"看"才注意到那些正在眼下
　　的东西

第一个世纪他研究玻璃　第二个世纪他端详痰桶

第三个世纪　他注意到水门汀地板上的各种斑块

世界的另一些图案　人类的另一种风度　时间的另一
　　类标记

他忘记了他的手表　有病的风　不时从走廊的另一头
　　过来

掀开裹紧的皮肤　把3000毫升的冰　注入静脉

历史之外的深夜　每个细节都那么具体　伸手可触

产科神秘而遥远　护士们忽暗忽明　这个男人手脚冰凉

第四个世纪在天亮前开始　5点一刻　他终于听见了
　嚎叫

生殖的叫　母性的叫　真实的音节　没有姓氏　没有
　身份

不表达　不发泄　毫无意思　毫无情绪　只为生殖而叫

无遮无挡　无羞无耻　吼叫　吼叫　吼叫　吼叫　吼叫

在一丛密集的神经上　疼痛开始得手　最忌讳粗鲁的
　地方

魔鬼中的魔鬼　踩响了世界上最疯狂的摇滚

美丽的女人变形了　曲线　像一组被火焰烤红的钢丝

慢慢地弯曲下去　萎缩　又膨胀　成为一团丑陋的乱麻

非人性的现场　某人一生中最初的词组　如下：柳叶刀

酒精　碘酒　脐带　血流成河　纱布　橡皮手指　针头

就是这些　牵引出——"诞生"　男子的耳膜在疼痛

心灵在疼痛　形而上的疼痛　全是形容词　与肉体无关

他看不见这一切　一切都为砖头　马赛克　墙壁和白
　布所遮蔽

上帝啊　你的手能否轻些　男人们骤然间老去　成为
　父亲

拂晓　有人叫他　你可以进去了　有些庄严　有些紧张

像士兵走向国旗　他走向那个空荡荡的子宫　他的女人

躺在苍白的手术车上　比苍白更苍白的女人　完工了
像是一个硝烟刚刚散去的战场　只有血还未凝固　八
　点钟
从接生室那边抱过来一包小东西　白布　血　肉　液体
混杂着毛发与眸子的一团　忽然在光辉中哇哇大哭
"一个女孩……"护士说。"重 3200 克。"
护士望着苍老的男子又说。

1992 年 10 月

事件：铺路

从铺好的马路上走过来　工人们推着工具车

大锤拖在地上走　铲子和丁字镐晃动在头上

所有的道路都已铺好　进入了城市

这里是最后一截坏路　好地毯上的一条裂缝

威胁着脚　使散步和舒适这些动作感到担心

一切都要铺平　包括路以及它所派生的跌打

药酒　赤脚板　烂泥坑和陷塌这些旧词

都将被那两个闪着柏油光芒的平坦和整齐所替代

这是好事情　按照图纸　工人们开始动手

挥动工具　精确地测量　像铺设一条康庄大道那么认真

道路高低凸凹　地质的状况也不一样

有些地段是玄武岩在防守　有些区域是水在闹事

有一处盘根错节　一棵老树　三百年才撑起这个家族

锄头是个好东西　可以把一切都挖掉　弄平

把高弄低下来　把凹填成平的

有些地方　刚好处在图纸想象的尺度

也要挖上几下　弄松　这种平毕竟和设计的平不同

就这样　全面　彻底　确保质量的施工

死掉了三十万只蚂蚁　七十一只老鼠　一条蛇

搬掉了各种硬度的石头　填掉那些口径不一的土洞

把石子　沙　水泥和柏油一一填上

然后　压路机像印刷一张报纸那样　压过去

完工了　这就是道路　黑色的　像玻璃一样光滑

熟练的工程　从设计到施工　只干了六天

这是城市最后一次震耳欲聋的事件　此后

它成为传说　和那些大锤　丁字镐一道生锈

道路在第七天开始通行　心情愉快的城

平坦　安静　卫生　不再担心脚的落处

　　　　　　　　　　　　1990 年 12 月

事件：寻找荒原

一九八五年　十一月三日　下午三点　晴

我根据罗马作家维吉尔的指引　来到云南西部　　荒
　　原出没的地区

这种庞然大物已经很少　有好多次

我误入农场　把收割过的玉米地　当成它的爪子

横越云南　大约九百公里　在迪庆州

我拾到它的一些碎片　狼毛　苔藓和一些恐龙残骨

纯净的土地　使我心满意足　没有车辙和玻璃碴

一群红压压的山羊（我指的是土地）　没有人看守

到处都显示着史前的征兆　而我作为诗人　一个闯入者

站在它们的外面　不知应该从啊开始呢还是从哦开始

依着惯例　我还是从啊开始　啊　当我才拾到鹰这个
　　音节

一只黑兽就撞入天空　双翅一闪摆出了那猛禽的架势

它的爪子像我见过的一样　它的耳朵像我见过的一样

它把云块叼到我的嘴边　还像我读过的那样矫健

紧跟着　诗人又联想到暴风雨和闪电　才动念之间

326

闪电就撕开一角天空　　露出它刻满纹饰的下巴

这个蓝下巴我在北郊飞机场的天空上摸过　　手至今没
　　有痊愈

当诗人预感到雨　　它就来了　　从背后　　它抢走了我的
　　体温

万物被水淋淋地插在红土中　　鞋跟和裤脚全是泥巴

然后这一切混为一团　　成为所谓风暴

它巨大的屁股摆动着（像一艘灰色的军舰）

忽然又露出两条阳光那么雪白的长腿　　在上面叉开

这举动令我吃惊　　在照片上它相貌威严

坐在靠背椅上　　右手扶着军刀　　左边站着大炮

在荒原　　我久久地发愣　　多少啊字挤在喉咙口

每一个都像一具死尸　　被一一抛下甲板

风过来收尸　　老态龙钟的搬运工　　骑士出身

悲壮和孤独这类动作　　它早已做得炉火纯青

二十世纪　　仍旧那么一丝不苟　　符合法度

骑士　　吹响太阳的圆号　　召唤一切前来集合

狼来了　　乌鸦来了　　神子们来了　　落日时分

在西方的根部　　黑夜伸出发灰的舌头

一点点舔着光的盘子　　把草的影子嚼碎

就这样　　当天空和大地都进入某种氛围　　期待已久的
　　才姗姗来迟

瞧啊　荒原　这个伟大的主角　白血病患者　神经质
　　的女人

来了　迈着豹那种辉煌的步子

穿过镀金的天空　进入悲剧的大厅

崇高的阴影　使方圆二十公里的地区　都屏住呼吸

作为侍者　我相当紧张　如果某一个词不合规范

这个贵妇人完全可能大怒　砸碎一切　揪散头发

我担心被它吃掉　又担心它对我不屑一顾

二十岁我就热恋荒原　永恒啊　我熟知你的每一根毛发

为此我吃尽苦头　诗人三十一岁　仍然孑然一身

不朽的握手只是一瞬　我还来不及像维吉尔那样吻它
　　的手指

它已经走过我　遁入黑暗的机场

光　荆棘　风　乌鸦　石头和土都回到它们的居所

我现在置身于云南一处没有地名的所在

此地没有电　没有旅馆　没有道路

而我的大师　远在一万公里外的罗马

那块清瘦高洁　充满灵感的花岗岩　瞻仰者日夜不绝

一九八五年那个黄昏之后　我又冷又饿

不知朝哪个方向　才能落荒而逃

1999 年 9 月

事件：玻璃屋中的鼠

——记一次游园活动

这条大蟒蛇在我们动物园

已经三十年了

三十年吃掉几万小白鼠

它是高黎贡山一个猎人送来的

那个人已经去世　　饲养员说

把这些太具体的统统省略

诗应当从一个比喻开始

我的诗啊　　开始——

身着银饰的法老　　在埃及的春天下睡觉

我比喻的是一条毒蛇

在动物园的玻璃屋里　　它的王朝是盘旋的

沿着想象中的金字塔上升

但止于皮的边缘　　而不是神性的核心

玻璃屋外　游客们一层层围住
抠着油腻的手心或毛呢的屁股
嚼着糖块　看好戏的心情
——省略　与美无关！

魔鬼遗漏的午漏　一只小白鼠　四肢触地
在浸透毒液的齿轮上爬来爬去

把这个齿轮　比喻成一条上帝的走廊
午饭与圣餐的边界　也许更诗意些
这条走廊　乃是啮齿类的天敌
它的皮可以制皮带　鞋　手套　皮夹和鼓
前面的用途　可以略过不提
只留下"鼓"　一只
死神的皮制成的鼓
多美！

袖珍的熊　做自由体操　自选的动作　都是些绝招
尾巴翘起　像一个敲着鼓的士兵　从蛇脸上踩踏而过
"把旁观的人惊出一身悲剧式的冷汗"
死亡之舞！　诗人得出了一个可以领取稿费的结论
又在下巴那儿　微调耳朵　听听　继续玩

死一触即发　它已经有 21 个难友在这游戏中遇难

　　了　它是最后一名

触目惊心　看这小尤物飞快地跑　在死刑场上　跳　滚

蛇忽然张开了一个巨大的呵欠　像海湾中上升的岛

　　屿　小白鼠

独立　悬崖（这个形象暗藏两层意思　你猜猜）

它的脚趾下面　是两次死亡的分界

它的近了　稍后　蛇也要来　死于时间的另一张　嘴中

朝着深渊一跳　掉进了蛇的餐位　居然没有遇难

从蛇口返航　（精彩的比喻　暗示它像一架小战斗机）

用红色尖嘴　舔舔身上陌生的气味

蛇怎么啦　大白天　睡得这么死！

你吃一个给他看看嘛！

烦躁不安的是一个小孩的公公

——这些口水话不要　破坏意境的完整

再次出场　小疯子　在它的疯人院里

赤裸它的疯神经　疯样子　疯脚疯手

忽然又跑出蛇的区域　来看玻璃外面的

比划手指　敲玻璃板

它跑不掉　跑不掉的！　人类的声音

——好！　其实仅仅是张某某的声音
但提升到人类的高度来认识　加强了抒情的深度

远方　一只松鼠睡眠在月光的壳里
远方　一条蛇钻进了春天的内脏

现在铺垫得差不多了　主题应该有所升华
好的　起飞——
玻璃屋外　一位思想者已恭候在哲学中
我来了　我看见　我说出
此时此地　它早就不该再玩了　它应当托腮而思
就像那位丹麦王子那样　想想　活还是死
它的悲剧是没有思想　所以不知好歹
蛇是更大的　而它的世界属于较小的范畴
较小的时间　较小的食物　较小的对手
在它的时间中只有蚂蚁　没有蛇　它怎会知道
在一个更大的宇宙中　它只是一片面包屑？

问得好　再高一些——
旁观者的天空飘满同情　博爱　人道
洞察　宏观　以及某种乐趣
可是无人能将它解救　这是动物园的事

另一类机构　另一个玻璃屋　人类的爱憎无效
动物园有动物园的规矩　人类有人类的理智
蛇有蛇的午餐　鼠有鼠的命数　这是宇宙的秩序

把眼睛闭上　再拔高一些——
诗人啊　俗话说　螳螂捕蝉　黄雀在后
故事讲到这里　一个深刻的主题可以引出
如果我们是鼠　而有一条比较更大的隐身蛇
正在吞食我们的时间
谁又能把我们搭救？

感谢动物园　门票没有白买　我们潜移默化
增加了智慧　提高了修养
感谢饲养员　你饲养的难道仅仅是一条蛇吗？
回去写一篇作文　蛇与鼠的启示
每个人都会好好地写
记一次有意义的游园活动

1997 年 2 月 14 日

改已发表的旧作

事件：停电

在我们一生中　停电是经常遭遇的事件之一

保险丝上的小哑剧　发电厂的关节炎　合法的黑暗与
　禁闭

光明的断头机　我们对之习以为常　泰然处之

当它突然逮捕了所有光　世界在黑暗中

我们毫不紧张　声色不动照常学习和生活

谁都知道　停电并不会改变一间卧室的大小

不会改变一块面包中淀粉的含量　不会改变水的颜色

我们熟知一切　停电之前　停电之后　一样的

程序　细节　局部　整体　高潮和尾声　一样的

先是些浪漫的小名堂　诸如鬼来了　尸体　凶宅

诸如　黑暗王国的蜡烛　楼梯上的脚步声以及妖怪

小意境一一袭来　我们假装害怕或悲壮　举起双手或
　挺起胸肌

我们熟知这些噱头　像熟悉玩具　熟悉牛奶和味精

我们深知门已锁好　邻居都是同志，大门口有人值班

最终　我们全都完好无损地呆在原处　原来的动作

原来的念头

仍然像处于光明中的好人　保持应有分寸　风度　涵养

决不会有人　突然改变姿势　例如"像一柄剑"那样

袭击在场的妇女　（这是小说）　停电了　世界完善如初

看见继续看见　动作继续动作　安静继续安静

脚和手伸缩自如　并不需要像入侵者那样踮起脚后跟

一切还是一切　空间　颜色　声音　质地　重量以及

　内心

顶上吊灯　脚下地板　左手左边　右手右边

床在房间深处　靠窗放着　旁边是梳妆台和镜子

箱子放得最高　鞋最矮　食物在厨柜里　电视报告新闻

伸出左手　可拿到止痛片和热水瓶　水杯和香烟

伸出右手　能碰到桔子　糖缸和杂志　再伸直些有火柴

跨前半步　这个长物件必是沙发　顺势而下就安抵软垫

后退一点　墙根的空处　位于一米八高度的是相框

父母和我　一九五四年的笑容　一九六七年的座次

站在门旁边的是一排书架　最高一层经典著作　第三

　层医书

书架后面的墙纸糊于马年　墙纸后面的砖头是

　一八九七年的

冰块冰箱里　衣服衣架上　水在水管里　时间钟壳后面

柔软的是布　锋利的是水果刀　碰响的是声音　痒痒

335

的是皮肤

床单是洁白的　墨水是黑色的　绳子细长　血　液状

皮鞋48元一双　电四角五分一度　手表值四百元　电

　视机二千五百元一台

一切都在　一切都不会消失　没有电　开关还在

电表还在　工具还在　电工　工程师和图纸还在

不在的只是那头狼　那头站在挂历上八月份的公狼

它在停电的一刹那遁入黑暗　我看不见它

我无法断定它是否还在那层纸上　有几秒钟

我感觉到那片平面的黑暗中　这家伙在呼吸谛听

这感觉是我在停电之后　全部清醒和镇静中的惟一的

　一次错觉

惟一的一次　在夏天之夜　我不寒而栗

1991年8月

事件：挖掘

有一年　诗人西尼　在北爱尔兰的春天中

坐在窗下写作　偶然瞥见他老爹

在刨地垄里的甘薯　当铲子切下的时候

他痛苦似的　呻吟了一声　像是铲子下面包藏着一大

　茬薯子的熟地　某些

种植在他的黑暗中的作物　也被松动

他老爹不知道　紧接着　另一种薯类

已经被他儿子　刨出来　制成了英语的一部分

他尚未中奖　只是做了一批上好的薯干

我曾在《英国诗选》中品尝　印象深刻

这手工不错　像一个伙计佩服另一个伙计

我不禁折起指节　敲了敲书本　像是拍打着

希尼的肩膀　老家伙

关于白薯　我还能说些什么

事有凑巧　在另一天　我用汉语写作

准备从某些　含义不明的动词　开始

但响动　不是来自我的笔迹

而是来自玻璃窗外　打断了我的

是一位年轻的建筑工

轻轻地攀过脚手架　爬上来　扒在我的窗台上

揩擦夏天的工程　溅在窗子上的水泥浆

对面的大楼已经完工　这是最后的一项

作业　把周围的一切　复原

他认真地揩着　像一只整理羽毛的鸟

轻巧地摆弄　棉纱　凿子和锤　弯下脖子吹气

不放过任何小小的斑点

他的手掌不时地巴在玻璃上　我清楚地看见

那厚巴掌上的纹路　很像泥炭的表面　但下面有水

像点灯的人　一块玻璃亮了　又擦另一块

他的工作意义明确　就是让真相　不再被遮蔽

就像我的工作　在一群陈腔滥调中

取舍　推敲　重组　最终把它们擦亮

让词的光辉　洞彻事物

他的脸在逐步清晰的阳光中

投我以有些歉意的微笑

他的活计仅仅和表面有关　　但劳动强度

并不比向深处打桩　　轻松

他同样必须像一根桩那样

牢牢地站稳　　才不会从五楼跌下去

他挖的是另一类坑　　深度属于别人

种的是另一棵树　　果子已经有主

但他并不在乎这些　　活干好了

把废土弄走　　把周围清除干净　　就这样

他揩擦玻璃　　也揩擦着玻璃后面的我

当我从语词中抬起头来　　张望外面的现实

发现世界的美　　并不需要绞尽脑汁去想象

看就行

我终于写下了一个动词　　与窗外的劳动无关

它牵扯的不是玻璃　　而是诗人希尼

我忽然记起了他写过一首诗　　好像是关于白薯

就借着明亮的光线　　再次把《英国诗选》

从书堆里　　刨出来

越过北爱尔兰的边界　　在万里以外的

昆明城区　　这个星期二的光辉中

深入我内心的　铲子　并不是英语

而是希尼的父亲　在他家窗外的地垄上

不断重复着的那个动作

——挖掘

1996 年 10 月 10 日至 22 日

事件：翘起的地板

一场事故意味着一首诗……
它来了　在多雨的秋天　穿着雨衣
出现在　书房　我并未察觉　它正散发着
从寒冷雨水带来的　湿气　书籍的
集体宿舍　这么多的书　这么多的诗集
哪里　还容得下一首新诗的　铺位？
我只是吃了一惊　为雨水穿透水泥　从
某处打入房屋的内部　感到懊恼　施工队
早已穿过我的工钱　销声匿迹　地板一块块
翘起　一项　掩盖多年的劣质工程　被揭露
一箱《世界文明史》　被浸渍　成了废纸
墙壁上看不出丝毫痕迹　突然　在墙脚跟
出现了洪水　我发现这个地下组织　已经秘密地
活动多年　等待着一个又一个雨季　从一个秋天
到另一个秋天　那领头的矿工　一定已经
白发如丝　哎，我这人　满脑袋不合时宜的念头
多年写作　一直以为是在　与铁对抗

坚信着水滴铁穿的　一滴　穷人　无权无势

的小市民　分期付款　装修完工　家天下已定

与世无争　我自己的地盘　我私人的作坊　居然

成了另一滴　水　在黑暗中　日益精湛的一技之长

钻空子　一心一意　要攻克的　监狱　围墙！

小凿子　灭掉它　只需用指头　一揩

但它后面　连接着一个不讲是非的　水库

凿穿一切　岩石　钟　花朵　图纸　坝

无孔不入　像是死牢里的蚯蚓　只是要　拱出去

向刚刚完工的世界宣布　事情还没有完　还有缝

它才管不着　地道的出口　是警察局的地毯

还是一个诗人的　壳　一滴水　改变了

早已削足适履的生活　令我　在秋雨绵绵的清晨

写作中断　发着愁　是把剩余的地板

全盘撬掉　恢复水泥地　还是重新铺上木条

我犹豫不决　或许我得接受　这书房致命的漏洞

在大地上之　但沾不得　一点点水　（就像

接受一首　在破地板上翘起来的　干掉的诗）

或许我得容忍　在整一平板的地面上　露着几块

凹下去的　坑　让走路的习惯　与先前

略微不同　它时常会冷不丁地绊我一腿

让我再也不能　四平八稳　偶尔要踉跄一下

像个不倒翁　有些狼狈

1999 年 11 月 23 日

事件：暴风雨的故事

天气预报 “今天有暴风雨”

就来了 乘着一座疾飞的岛

乌云的披头士 在云端

露出了革命家的胡子脸

恐怖主义的闪电 打碎黄昏的金门牙

大自然的暴政 天地昏暗 城市在摇晃

收起阳台上的被单 窗子纷纷关上

行人忽然打开长腿 飞下街道 跑回家去

室内 筷子发愣 水果萎缩 汤结冰

盘子忽暗忽明 糖醋鱼双目暴突 晚餐精神分裂

桌布的态度暧昧不清 酒杯摇摆不定

有什么在黑暗之前的缝隙中 混进了家庭

鼠类争论不休 蟑螂修复了声带 屋顶被煮涨

雨声越来越响 像是一群疯子撕碎了造纸厂

千千万万种子从天上落下来 万物开始生长

丈夫和他的妻子　在不安中坚持着默契

隔着假牙说话　就像他们　演技讲究的婚姻

家具的外围开始妥协　一批批与黑暗达成着共识

仿佛一只怀孕的墨水瓶　浑圆的身体在缓缓扩大

一本日记预感到将有事情发生　突然打开了

一些词溢出来　但立即捂住了口

暴动者在肇事　暴风推搡着城市

揪住它瓷砖缝制的领口

闪电的党羽撕破火车站的脸颊

搜查了它干燥的鼻孔

大树一棵棵折断　扑通倒下

像是在混乱中被斩首的乱党

在客厅和书房里　在厨房　在卫生间

一个家庭闭上了眼睛　坐在书桌前的家长断掉电视机

闭上了眼睛　患失眠症的妻子放下筷子上的米

攥起手心　老女儿停止小便

像即将放映恐怖片的电影院　关闭了出口

这场暴风雨　来自西边的天空

雨水　雷和风　内容与革命完全不同

但会使经历过的人　记起那些　倒胃口的词

又是一声爆雷穿堂而过　一家人置换了心事

像是　即将被押赴刑场的同志　换上了干净的白衬衣

像是　1966年的某一天　暴力像雨一样

横扫地毯　刹那间　庸俗的小市民家庭

关于裙子式样的争论　关于鸭子的吃法　关于番茄

　的味道　都成为证据　罪行　把柄

在花朵　唇膏　中耳炎和书籍之间

盛开着暴风雨

窗帘首先被检举　它们四散奔逃

从一个角到另一个角　成为暴徒的鞭子

但花瓶却显出一种娼妓的表情　随遇而安

向暴行敞开着　一串光芒在客厅里爆裂

在穿衣镜的边缘拔出切菜刀　杀害了它的自尊

风的前蹄在瓶子和洗脸盆之间碰撞而过

在卧室的最深处　被衣柜坚决地挡回来

但双人床附近的秘密　已经被揭发　私房话暴露无遗

能够反光的都闪成一片　玻璃粉碎　黑暗君临

暴雨轰鸣　就像成千上万的鞋子　呼啸着跑过广场

就像二十年前他们的那次抄家　深入内脏

寓所乱成一团　照片上暴卒的亲属　尖叫着

世俗的星期六　正在为一只汽锅鸡的诞生　喜悦

被夏天的一场雷阵雨　毁掉了　硬起来的心

离开了休假　返回街垒　严阵以待

这不是革命的"暴风雨"　一切只和气象有关

"降雨量 80 毫米　西北风 5 级"

但他们无法正确对待　他们情绪抵触

他们的感官已经被那个时代的知识

改造成　词汇的容器

可怜的人们　再也无法　把象征

还原成雨的一种　去体验

在外面　闪电以革命的力度

扫过大地　光芒如铁　齐整　暴戾

像一群线条镇压了一群剑

但它们不能推翻任何事物

世界潮湿　然后干掉

成为水果的成为水果

成为河流的成为河流

黑暗中　街面闪起晴朗的光芒

被这场雨滞留在屋檐下的人们

抖去眉头上的水珠　开始走动

1999 年 7 月 16 日　昆明

事件：装修

一个家庭有一个家庭的佐料

导致阴影的密度　发霉的范围

红烧肉的味道　窗帘的厚薄　硬与软的比重

金属　木料和纺织品的数量

景德镇的窑变　三百年的炊烟

最终才呈现出　一个小家庭的图案

椅子的据点　旧相片的次序　米袋的位置

依据的是独一无二的秘方

从这道门到那道门　要经过洗脸架和痰盂

在笔筒和花瓶之间　依次是墨水　砚台　文竹

这是外祖母仙逝的房间　她的袜子味一直不散

她的黑箱子里有一把清代的木梳　还有篦子

黄橱柜为什么要放在这里　为什么有一只脚是断的

只有睡在郊外青山中　穿马褂的外公知道

在父亲的大书架下　支着老儿子的青春之床

床单上印着红玫瑰　布纹上那些着可疑的暗斑

大家都知道是谁留下的

《说文解字》是这家人的圣物　翻一翻就要放回原处

不可能把冰箱支在客厅里　也不习惯

让沙发　正对着墙壁上的挂钟　自己的住处

光线明暗　要用家长的看法　才能适应

从小就认得　衣柜的手柄　有一道会划破手指的缺口

套在钉子头上的绸绳　是妹妹的心

茶叶　剪刀　白糖　都是日用什物

但它们地位不同　在这家

茶叶养在青瓷罐子里　日日得宠

剪刀扔在工具箱内　传染了一身黄锈

白糖老是生虫　倒掉　再次生虫

至高无上的　是生活在天花板上的蜘蛛

有时候是老鼠　它的小名　是一个人的秘密

被视为最低下的东西　不是东西　是某些话

在外面人人都说　在这家　却一贯沉默

装修开始在参观之后　完工于节日之前

至高无上的装修　统一祖国的标准　衡量贵贱的尺寸

为人民规划焕然一新的表面　向日常生活

提供色谱　光洁度　涂料　配方　以及墙裙的高矮

老鼠不在装修之列　它们被击毙在自己的窝里

外婆的气味不在装修之列　它被钢卷尺

计算为十一个平方　在两小时内用油漆排除

所有的木头窗子　都被视为腐朽

换钢窗　比伐木容易得多

一卷进口的墙纸　在三小时内

就把一个家族世代相传的隐私　裱住

没有污点　欢迎光临

私人寓所里的光线　从此有宾馆效果

位于亮处的是装修　位于阴处的是装修

见容于眼中是装修　与骨肉相亲的是装修

这个家庭在晚餐时的谈话　装修

家长还是家长　他穿着一身新衣服

像一个刚刚成家的青年　为了与设计符合

把沙发移动了两米　正对着二十英寸的彩电

虽然　这样看有些刺眼

但可以慢慢适应

1995 年

350

事件：结婚

总是　在某个下午　当城市放松了腰带　在落日中酿
　　造着黄色啤酒　五点半

在大街的拐弯处　在川味饭店门口　撞见　这喜气洋
　　洋的　一对　套在

新衣服里的　木偶人　被父母的线牵着　羞羞答答
　　鼓出在人群的边缘　犹如

两颗　刚刚镶进喜剧的假牙　传统的黄昏　对于你
　　只是千篇一律　一份含有

味精和洗涤剂　的　日程表　的　复印　你和昨天一
　　样　得赶回去买菜　做饭

接小孩　应付家庭中　日益猖獗的女权主义　在别人
　　却是全新的五点半钟

印在汤金的　红纸上　值得隆重纪念的良辰吉日　值
　　得把过节的那些花样

统统搬来　还不是　那一套　就是那一套　永远的一
　　个套　套住了世界上的红男

绿女　彩车　假花　鞭炮　喜糖　红包　酒席　胡闹

351

冷场　带点儿色情的　玩笑

新娘和新郎的　三头六臂　八面玲珑　应酬　尴尬

　　狼狈　临了　杯盘狼藉

席终人散

总是　男的　灰西装　女的　红旗袍　小舅子扛着摄

　　像机　露出斜眯着的左眼

后面　是严阵以待的家族　个个彬彬有礼　当母亲的

　　把循规蹈矩的老脸　凑近

新人的耳朵孔　交代这样　记住那些　最后　又红着

　　脸　说出一直骨鲠在喉

难于启齿的一点　"第一个晚上……　垫单上要铺一

　　块白布，这是老规矩。"

"什么？新郎和新娘　像猴子一样　困惑　"听懂得了

　　没有？"　明白人想说明白

又找不到说得明白的比方　不便明明白白　老框框中

　　许多名堂　从来不知道

人们是否明白　是否当真　是否心甘情愿　是否早已

　　腐烂　是否早已过期

每一次　都事无巨细　照旧节省　照旧浪费　照旧心

　　疼　每一次　都要

面面俱到

总是　担心着找不着媳妇　老青年的心病　在中国社
　会上　孤独是可耻的
国家的套间　只分配给成双成对者　人生的另一本护
　照　通向婚姻的小人国
东市置家具　西市照合影　北市买棉被　南市配音
　响　从此　他有恃无恐
可以继续做人　堂堂正正地做人　聚精会神地做
　人　紧紧地牵着他的新娘子
像是牵着一只可以耀祖光宗的孔雀　来见父老乡
　亲　来见同事朋友　来见
大家

总是　在春节或什么节　接到请柬　恭请光临　一个
　麻烦　去呢还是不去
大场面　十个人一桌　再加上两三个　不听话的小
　孩　说些报纸上的话　床上的话　咸菜铺里的
　话　话里面的话　说些　不会得罪石头的话　无论
　外面下雨
或是出太阳　总要唠叨两句　不可以一声不响　沉默
　是喜宴的大敌　说话　人人
应有的　礼貌　时不时左顾右盼　每个人都牵挂

353

着　谁谁谁来了没有　谁落在

哪一张桌　抓住时机　过去喝一杯　胁肩谄笑　嘘寒

问暖　把有些开裂的关系网

补补

总是　夹在人头攒动之间　担心着没有人和你点

头　握手　担心着错过了谁的

眉目传情　有什么关键的　被你的心不在焉　冷

冻　担心着　用词不当　碰伤了谁

装着小心眼的　瓷器　谨小慎微　察言观色　看风使

舵　终于在大鱼大肉

端上来的时候　倒了胃口　但最终　还是穿上好衣

服　谁愿意在一年的春天

得罪　办喜事的　好人　谁愿意　为小事情　脱离群

众　姗姗去迟　脖子上系着

领带　怀里揣着红包　手上握着花束　在门口　遇见

了　发霉的老面孔　遇见了

冤家

总是像一条在流水中腌熟的鱼　进去　把预备好的那

一份　交给合适的人

坐哪一桌呢　一次颇费心机的小盘算　弄错了　难免

自取其辱　那几桌

都是名正言顺的亲戚　为首的是　本家的舅舅和舅

　　妈　正在高谈阔论　话

说给该听见的某些耳朵　"他这个二姑娘嫁得不

　　值　才给老丈人两万

人家养个姑娘二十年　就这点钱么……"　一桌子的

　　筷子都点头称是　旁边一桌

是公公和婆婆　居安思危的老人家　被炒菜的油

　　烟　呛得咳　未婚的二儿子

赶紧　把餐巾纸递给他娘　"这么多菜　肯定吃不

　　完　锅　带了没有？"　他妈妈

的妹妹提醒　大姨妈　最善解人意　给孙辈们发水果

　　糖　切蛋糕　为三姑爹夹一片

豆腐　把　鸡腿分给叔叔和婶婶　打开汽锅鸡　在每

　　个亲戚的碗里　舀两块肉　加勺花生

总有几桌　留给本单位的同事　每个红包一百块

　　"十桌就是一万，肯定赚了"

他们掌握着婚前的某些　底细　适当的时候才说

　　"新娘子是我妹妹的同学

长得不错　就是……"耳朵们立即心领神会弯垂下

　　来　张开小翅膀　飞过去

结果　在某些隐私被揭发的基础上　上级和下级之

间　开始了新的团结　那一桌

是同学　朋友　死党　两肋插刀之辈　那几桌　是司

机　在银行做事的　小叔子

的老师　内科主任　堂妹妹的科长　表哥和他的女朋

友　夹菜时　围过来的

都是些带着金戒指的手　在麻辣豆腐上　闪成刺眼

的　一片　小型展览会

令三表姐　闷闷不乐　"我叫你莫来　你偏要来　丢

人现眼"　胃溃疡的表姐夫

装聋　借助牙签　"我夏天去了趟泰国""这是在香

港买的……英国口红"

"你的领带和我老公的一样　是不是在意大利买的？"

这些话　往往是女士们在

攀谈

总是这些　在生命的洗衣机里　被洗磨得失掉了特色

的老夫老妻　总是这些

同床异梦的长枕头　总是这些　患着失眠症和腰痛的

胖人物　这位　单位上　开朗

活泼　幽默风趣　在厨房里忍辱负重　度日如年的女

婿　这位　风度翩翩　随时

356

准备着下一次外遇的丈夫　总是这一位　公园里　穿

戴入时　一笑百媚生　卧室中

歇斯底里　披头散发的女士　总是这些　喋喋不

休　把婚姻　描绘成劳改队的配偶

这些　隐藏在家用水表中的　奴隶　暴君　叛徒　骗

子　小偷　这些形影不离的

天敌　这些相得益彰的　鹅与癞蛤蟆　这些苟且偷安

的拖把　得过且过的晚餐

一对对衣冠楚楚　笑容可掬地举起酒杯　让出　一条

通向内幕的狭缝　欢迎新人进来

总是　有一对"天真无邪的"　也知道　"婚姻，就是

爱情之坟墓"　也看过

某些鸳鸯蝴蝶小说和抒情诗　也听过　老同志们　关

于悲剧的现身说法　的

健忘者　领受着所有　真真假假的祝福　像进入天堂

那样　诡秘地眨眨眼睛

抠抠手心　相视一笑　那老掉牙的一套　两个新人跃

跃欲试　跃跃欲试　就是要试

总是　在深夜　所有的繁文缛节　才统统了结　剩

下　一大堆喜事造成的垃圾要清除

一大笔喜事留下的账目　要结算　总是　当闹房的最
后一批人走下楼梯　成了家的
一对　就累倒躺下　赶紧熄灯就寝　总是　才出了公
寓　回过头　就望见　那家人
刚刚还红影幢幢的窗子　已经　与那个结了婚的小区
打成一片　盖上了　黑夜的被窝

　　　　　　　1997 年 5 月 10 日至 6 月 1 日至 6 月 3 日
　　　　　　　1999 年 6 月又改

事件：围墙附近的三只网球

高大围墙　涂着标语　红色字迹　丧失了温度

曾经打动人心的色彩　现在远离社会的视野

墙头　插着尖玻璃　长出了野草

不知何年何月所建　隔开社区

又钉着木牌　用印刷体写着　严禁翻越

这边是牧草　马匹　桉树　中学　网球场和毒日头

不知道这些　会对谁　构成威胁

旧围墙　没有人知道它曾经围困过什么

可能有人会想起　一个黑暗中的单位　一群集中着的人

就在这附近的天空　一个努力要向上的网球

突然脱离了击球者的引力　向上去了

在上面　它超越蓝色的气流和光线

犹如一根　脱离了鸟皮的羽毛

在没有依托的区域　冒出来

然后　吸足了大麻似的　向下一垂

被扔回了它本来的重量　不回网球场

而是掉进围墙的那边　疯人院的飞越

它才管不着哪儿准去　哪儿不准

飞过去了　在禁区　响了一声

落入什么之手　不知道

少年击球者　立即奔向　想象中　那个一目了然的落点

老远　就像一头张着鼻孔的狼犬　嗅着方位

他现在具有围墙的功能

活动着的包围圈　向着一只网球收缩

他渴望　最终缩小到一只网球那么大

弓着腰

在旧围墙和春天的野草上包围着

红色的条纹裤　绷得紧紧

他错误地估计了球的去向

在另一个位置　我目击了击球者和球

我知道网球在围墙的那边

我知道那个小秘密暗藏在何处

但我只是坐在围墙的阴影下

看着这个焦虑的男孩　被太阳暴晒

我清楚地感觉到某种东西

卡住了我的软腭

春天的草正在墙脚根疯狂地向上生长

它已经掩盖了许多东西　我想象得出那些

令孩子们绝望的玻璃球　那些子弹壳和死麻雀的尾巴

怎样被作为秘密　掩埋在黑暗中

哦　如果我当告密者　你给我什么

少年　终于放弃了搜索　停下来

指望那小玩意　会突然变得有俘房那么大

举着手　从草丛里钻出来

又踩在塌下的砖块上

企图朝围墙的另一面张望

似乎那个落水者

会自己冒出头来　安全生还

简直无法可想　虽然有了些缺口

但墙依旧那么高大　那么笔直

用逃犯似的手　扒住　都不可能

没有找到他的网球

却发现了另一个

比他的那个更新的一个

四顾无人　就迅捷地把他的包围圈

缩小到一只巴掌那么大

像真的找到了一样　捡起来

蹦跳着　返回网球场去了

没有人会知道球已经换了一个

没有人知道他的小秘密　除了我

另一个秘密的创造者

这是我们共同的秘密

这秘密和世界之间　像网球一样

永远隔着一层有毛的皮革

这是我们共同的围墙

黑夜啊　就是由它们一点点地构筑

一点点渗入到我们的皮囊中

少年不在了　我也准备走开

那些草将在我离去的时间中向上爬去

沿着一架摇摆不定的　看不见的梯子

我确信　最终　它会把那堵围墙　也掩盖起来

忽然　飞过墙去的网球　又被一只手扔了回来

从天而降　滚到我的脚下

出乎意料　令我发愣　显然

这一幕绝不是疯人院的　游戏

那意思很清楚　同一事物

可以看成两种东西

在这边　是不可逾越的高墙

在另一边　是天空

1996 年 6 月 26 日

事件：三乘客

火车深夜驶出城市，

11 号车厢有三名乘客。

一个戴鸭舌帽，

一个是军人，一个身份不明。

一片漆黑，风呼呼地灌进来。

"什么声音，

你们听……"

"城里的钟。"

"风。"

"好像是汽笛。"

"不，什么也不是。"

三人沉默了一阵，

军人关上窗子，

发烟。

"有一回，

我们穿过康巴草原。

一只狼，

坐在小路中间。

谁也没带猎枪，

谁也没讲话，

没有向它看，越来越近，

狼突然跳向一边，

卧在土丘上张望，

一头红毛的狼，

我一生也没有见过。

老远，

我才回回头，

狼在土丘上站着，

就像一团野火。"

"你看错了，

是狐狸吧？"

"不，是一头牡狼。"

戴鸭舌帽的讲完，

拉下帽檐，

他嘴角下有一条疤痕，

像野外的一个路标。

列车经过一个小站，

停了两分钟。

"你们说，

我，是干什么的？"

"干部？"

"厨师！"

"嘿嘿，售货员"。

不明身份者讲话，

口气像苏州女人。

"在这个终点站，

卖了三十年糕点；

狼么，

公园里见过。

每次看，

我都有点难过。

真羡慕你，

见过红毛的狼，

它的眼睛是不是发灰？"

"呀……

公园里的狼，

可不是这种颜色"。

"我也见过，

狼。

在热带丛林，

那家伙好大啊！

它咬死了我的一个战友，

那几枪没打死它，

想起来就后悔。"

军人站起来，

走了几步，

又猛地坐下。

谁也不再讲话。

列车员经过这节车厢，

查看他们的车票。

他瞟瞟这三位乘客

相同的脸，

又看看表，

"卡卡卡卡"走开。

这是一个平静的夜晚，

任何地方都没有发生车祸。

有几头狼在黑暗里，

经过这条铁路附近，

停下来，

默默地望着这列火车……

1982 年

事件：棕榈之死

十年前我初次见它　在南方

红色高原上的外省　旧昆明的下午

平静的时间　鸽子和庸人的年代

远离革命　远离开阶级之间的斗争

阳光　经过复杂的折射　构造出一个光学系统

在水泥板块和玻璃钢的岩屋之间穿过

穿过四点钟的阴影

像伦勃朗创造的侧光　形形色色都被抛进黑暗

大约一分钟　整个街区　只有它处于光辉之中

气象非凡　我不由自主地暂停　万念俱灰　只把它凝视

木料和电线杆中惟一的一棵树　明白无误

一刹那我灵魂出窍　一个词在我的感官中复活

哦　这是一株棕榈

它早就是一棵棕榈

在光明的照耀中它是一棵棕榈

在黑暗的遮蔽中它也是一棵棕榈

开始就在那里　本来就在那里

开始就是一棵高高的棕榈

后来的看不见开始的

词汇贫乏的街区　说来说去就是那几串熟语

我天天路过这根木桩　三十年来

没有看见棕榈

没有谈到 zong lü 这个音节

黑非洲的大腿　尼罗河的遮阳

作为一所旧房屋的前景　陪衬

同时　也作为一床红色被单的托体

亭亭玉立　不是女人　而是像这个词那样迷人

那一天在九号楼下　我的视觉充满情欲

缺乏美女的公寓　最有魅力的是外面的植物

提到它　就会牵引出一大群生词

沿着它的胴体向上　我看见了叶子

头一回　在同一地点　我看见绿色的树叶

而不是建筑物的亮度

像是另一类的手　奇形怪状

不是为了抓住更多的空间

只为了把握住它本来的支点

也许形容它为绿头发　会更容易想象

但我想象不出一张棕榈的脸

这个重要的部位在高处趋于虚无

你可以把它冥想为任何一类"可爱的"

腐朽的美学　不会遭至抗议或查封

某些永恒的属性　触动了我

坚硬　挺直　圆满　充盈弹性和汁液

在人类的经验中　这些词与繁殖力相关

就像一根漂亮的阳器　下流话直截了当

但你不能当众说出来　这个形容词只可意会

在肉体充血的夏天

你渴望这一切植入你的生命

你是树　同时又是坠入爱情的疯人

"啊，让我随心所欲！"

在一个晴朗的夜晚

有人在人行道上抱着这棵棕榈　世界我叫喊

我的说法充满现成的修辞

它们出自文学季刊　意蕴丰富　音节婉转

正适合于赞美一棵棕榈

但是瞧啊　那是些什么词语包围着这棵树

在这些长句中间插进一株棕榈

犹如在男子监狱　谈论妓女

据说它的历史与殖民有关　一株帝国的棕榈

以前属于领事先生　现在属于祖国

在一棵树中一棵树没有开始　一棵树只不过是现象

它看不见的含义　使人闷闷不乐地记起

世界上　还有另一类生活　得意洋洋地种植在棕榈树下

你要么愤世嫉俗　在殖民地的余孽旁居住

要么对它视而不见　作为为分到住房而狂喜的单身汉

在无人敲门的星期天　冲着它洗脸漱口

它的躯干在天生的线条中旋转　犹如被索子残暴地勒过

一直旋转到群鸟的脚趾下　但没有鸟

铁丝和电线　是惟一被它纠缠不清的东西

有理由说它是受难的树　因为神的一切经典

都是在世界的南方完成　一棵棕榈树

一匹骆驼　美酒面包　几个使徒　先知盘腿坐在荫处

神迹　只留下发黄的书和插图

这附近没有教会　不养骆驼　不产美酒

欣欣向荣的商业区　城市的黄金地段

这儿确实有利于一个人　出人头地

但不适合一棵树　追求上进

受难的植物　夹杂在单位的空隙里　事关祖国绿化

不涉及分配　升迁　不属于任何私人　没有人为它浇水

它一如既往　令人放心地活着

不必去校正或者歪曲　它自会像一棵树那样

蓬勃向上　高尚正直　与精神的向度一致

它的根部已被水泥包围　只留下一个洞

供它的根钻下去　在世界之外　在黑暗中

秘密地与它的源头　保持沟通

犹如一部落伍的手摇电话机

孤独地穿过水管和煤气管　坚持着陈旧的线路

世界的号码早已升位　它的密码只有上帝保存

上帝是它的接线员　也是它的终端

它的本色早已模糊　犹如一个音节

许久不进入交际场合　不适于在标语里出现

口语中也很少应用

灰白色　也许是棕色或褐色　不得而知

难以辨认的植物　它像街道上所有暴露在外的部分

一日日被那些脏手　涂抹成日用的木料

为公家悬挂标志　被私人晾晒衣物　让疾病张贴广告

它因此　得以避免致命的伤害

抱残守缺　但仍旧区别于木料

在麻木不仁的下部　它混迹于公共场合

在上面　高出于人群的部分

它坚守着原样

一望而知　这是一棵活着的棕榈

但要仰视

有一个夜晚它的躯干是白色的

犹如从天空中下垂的光束

没有木质　我见过的幽灵　它来到我的梦中

在镜子深处　我看见它已经弯曲

它种植在一个要求上进的街区　革命已成为居民的传统

天天向上　破旧立新　跟着时代前进

这是后生的愿望　长辈的共识

当每一个住址都在刷新门庭　装修内部

它像一个保守党的遗老　改朝换代　一直当着棕榈

固执着过时的木纹　与环境格格不入

它是惟一的绿头发　最后的绿头发

在这个街区　只有它叫做棕榈

它是它自己的祖父和父亲　又是它的儿子和孙子

有些东西与人不同　永远无法改变

开始就是终结　要么毁灭它　要么迁就

没有任何力量　能够令这个无神论的街区

丧失理智　突然间神魂颠倒

把一棵一成不变的棕榈树　奉若神灵

那一天新的购物中心破土动工　领导剪彩　群众围观

在众目睽睽之下　工人砍倒了这棵棕榈

当时我正在午餐　吃完了米饭　喝着菠菜汤

睡意昏昏中　我偶然瞥见　它已被挖出来　地面上一个大坑

它的根部翘向天空　叶子四散　已看不出它和木料的区别

随后又锯成三段　以便进一步劈成烧柴

推土机开上去　托起一堆杂石

填掉了旧世纪最后的遗址

这不是凶杀　也不是暴行　不会招致公愤　也不会爆发欢呼

犹如墙壁已经粉刷完毕　把一根生锈的钉子拔除

或迟或早　不需要什么犹豫　斟酌　这种事与鬼神无涉

图纸中列举了钢材　油漆　石料　铝合金

房间的大小　窗子的结构　楼层的高度　下水道的位置

弃置废土的地点　处理旧木料的办法

没有提及棕榈

1995 年 5 月 29 日

卷四

0档案

0 档 案

档 案 室

建筑物的五楼　锁和锁后面　密室里　他的那　一份

装在文件袋里　它作为一个人的证据　隔着他本人两层楼

他在二楼上班　那一袋　距离他 50 米过道　30 级台阶

与众不同的房间　6 面钢筋水泥灌注　3 道门　没有窗子

一盏日光灯　四个红色消防瓶　200 平方米　一千多把锁

明锁　暗锁　抽屉锁　最大的一把是"永固牌"　挂在外面

上楼　往左　上楼　往右　再往左　再向右　开锁　开锁

通过一个密码　最终打入内部　档案柜靠着档案柜　这个在

　那个旁边

那个在这个上面　这个在那个底下　那个在这个前面　这个

　在那个后面

8 排 64 行　分装着一顿多道林纸　黑字　曲别针和胶水

他那 30 年　1800 个抽屉中的一袋　被一把钥匙　掌握着

并不算太厚　此人正年轻　只有 50 多页　4 万余字

外加　十多个公章　七八张相片　一些手印　净重 1000 克

不同的笔迹　一律从左向右排列　首行空出两格分段另起一行
从一个部首到另一个部首　都是关于他的名词　定义和状语
他一生的三分之一　他的时间　地点　事件　人物和活动规律
没有动词的一堆　可靠地呆在黑暗里　不会移动　不会曝光
不会受潮　不会起火　没有老鼠　没有病菌　没有任何微生物
抄写得整整齐齐　清清楚楚　干干净净　被信任着
人家据此视他为同志　发给他证件　工资　承认他的性别
据此　他每天八点钟来上班　使用各种纸张　墨水和涂改液
构思　开篇　布局　修改　校对　使一切循着规范的语法
从写到写　一只手的移动　钢笔从左向右　从一个部首
到另一个部首　从动词到名词　从直白到暗喻　从·到·
一个墨水渐尽的过程　一种好人的动作　有人叫道"0"
他的肉体负载着他　像0那样转身回应　另一位请他递纸
他的大楼丝纹未动　他的位置丝纹未动　那些光线丝纹未动
那些锁丝纹未动　那些大铁柜丝纹未动　他的那一袋丝纹未动

卷一　出生史

他的起源和书写无关　他来自一位妇女在28岁的阵痛
老牌医院　三楼　炎症　药物　医生和停尸房的载体
每年都要略事粉刷　消耗很多纱布　棉球　玻璃和酒精
墙壁露出砖块　地板上木纹已消失　来自人体的东西

代替了油漆　不光滑　略有弹性　与人性无关

手术刀脱铬了　医生 48 岁　护士们全是处女

嚎叫　挣扎　输液　注射　传递　呻吟　涂抹

扭曲　抓住　拉扯　割开　撕裂　奔跑　松开　滴　淌　流

这些动词　全在现场　现场全是动词　浸在血泊中的动词

"头出来了"医生娴熟的发音　证词：手上全是血

白大褂上全是血　被罩上全是血　地板上全是血　金属上全
　是血

证词："妇产科""请勿随地吐痰""只生一个好"

调查材料：患感冒的往右去　得喉炎的朝前走　"男厕"

X 光在三楼　住院部出了门向西走 100 米　外科在 305

打针的在一楼排队　缴费的在左窗口排队　取药的排队在右
　窗口

挤满各种疼痛的一日　神经绷紧的一日　切割与缝合的一日

初诊和复发的一日　腐烂与痊愈的一日　死亡与诞生的一日

到处是治病的话与患病的话　求生的话与垂死的话　到处是

治病的行为与患病的行为　送终的行为与接生的行为

这老掉牙的一切　黏附着　那个头胎　那最初的　那第一次的

那条新的舌头　那条新的声带　那个新的脑瓜　那对新的睾丸

这些来自无数动词中的活动物　被命名为一个实词 0

卷二　成长史

他的听也开始了　他的看也开始了　他的动也开始了

大人把听见给他　大人把看见给他　大人把动作给他

妈妈用"母亲"　爸爸用"父亲"　外婆用"外祖母"

那黑暗的　那混沌的　那朦胧的　那血肉模糊的一团

清晰起来　明白起来　懂得了　进入一个个方格　一页页稿纸

成为名词　虚词　音节　过去式　词组　被动语态

词缀　成为意思　意义　定义　本义　引义　歧义

成为疑问句　陈述句　并列复合句　语言修辞学　语义标记

词的寄生者　再也无法不听到词　不看到词　不碰到词

一些词将他公开　一些词为他掩饰　跟着词从简到繁　从

肤浅到深奥　从幼稚到成熟　从生涩到练达　这个小人

一岁断奶　二岁进托儿所　四岁上幼儿园　六岁成了文化人

一到六年级　证明人　张老师　初一初二初三　证明人

王老师　高一高二　证明人　李老师　最后他大学毕业

一篇论文　主题清楚　布局得当　层次分明　平仄工整

对仗讲究　言此意彼　空谷足音　文采飞扬　言志抒情

鉴定：尊敬老师　关心同学　反对个人主义　不迟到

遵守纪律　热爱劳动　不早退　不讲脏话　不调戏妇女

不说谎　灭四害　讲卫生　不拿群众一针一线　积极肯干

讲文明　心灵美　仪表美　修指甲　喊叔叔　叫阿姨

扶爷爷　挽奶奶　上课把手背在后面　积极要求上进

专心听讲　认真做笔记　生动活泼　谦虚谨慎　任劳任怨

不足之处：不喜欢体育课　有时上课讲小话　不经常刷牙

小字条：报告老师　他在路上拾到一分钱　没交民警叔叔

评语：这个同学思想好　只是不爱讲话　不知道他想什么

希望家长　检查他的日记　随时向我们汇报　配合培养

一份检查：1968 年 11 月 2 日这一天　做了一件坏事

我在墙上画了一辆坦克洁白的墙公共的墙大家的墙集体的墙

　　被我画了辆大坦克我犯了自由主义一定要坚决改过

药物过敏史：症状来自医生　母亲等家长的报告

"宝贝"日服 3 回　每次 4—6 片　用药后面部有红斑

"好孩子"日服 3 回　每次 1 片　症状同上　红斑较轻

"乖"（外用　涂患处）涂抹后患者易发生嗜睡现象

"大灰狼来啦　妈妈不要你啦"（兴奋剂）服后患者易晕眩

微量元素配合表：（又名施尔庚）爱护　关心　花朵　草

芽　苗苗　小的　嫩的　甜蜜的　金色的　（每片含 25 微克）

天真的　纯洁的　稚气的　淘气的　（每片含 25 微克）

牵着　领着　抱着　带着　慈祥地看着　温柔地抚摸着

轻拍　摇晃　叮咛　嘱咐　循循善诱　锤炼　嫁接

陶冶　矫治　校正　清除　培养　关怀　误伤　（各 50 微克）

名牌催眠灵：明天或等你长大了（终身服用）

填料：牛奶　语文　水果糖　历史　巧克力　鸡蛋炒饭

三光日月星　四诗风雅颂　钙片　义务劳动　鱼肝油
果珍　报告会　故事会　大会　五千年　半个世纪　十年来
连续三年　左中右　初叶　中叶　最近　红烧　冰镇　黄焖
油爆　叉烧　腌　卤　熬　味精　胡椒粉　生抽王　的成就
的耻辱　的光荣　的继续　的必然　的胜利　的伟大　的信
心

成绩单：优　合格　甲　三好　95　一等　评比第一名
产品鉴定书：身高一米七以上　净重63公斤　腰8寸
有头发　有酒窝　有胡须　有睾丸　有眼珠　有肱二头肌
有三室一厅　有音响　有工资　有爱好　有风度　有爱心
会体贴　会跳舞　会唱歌　会写作　会说话　会睡觉
耳朵是耳朵　鼻子是鼻子　腿是腿　手是手　肛门是肛门
左右耳听力1.5公尺　肝未触及　心肺膈无异常　（医师签
字）

卷三　恋爱史（青春期）

在那悬浮于阳光中的一日　世界的温度正适于一切活物
四月的正午　一种骚动的温度　一种乱伦的温度　一种
盛开勃起的温度　凡是活着的东西都想动　动引诱着
那么多肌体　那么多关节　那么多手　那么多腿　到处
都是无以命名的行为　不能言说的动作　没有呐喊　没有

喧嚣　没有宣言　没有口号　平庸的一日　历史从未记载
只是动作的各种细节　行为的各种局部　只是和肉体有关
和皮肤有关　和四肢有关　和茎有关　和根有关　和圆的有关
和长的有关　和弹性的有关　和柔软的有关　和坚硬的有关
和汁液有关　和摩擦有关　和交流有关　和透气有关
和开放有关　和进攻有关　和蹦跳　喷射　冲刺有关
（回忆）那一日　他们　同班男生　全是 13 岁　涌进来
学校的男厕　墙上画着禁止的一切　好多动作　手淫这个动作
手淫是最初的动词　男人的入场券　手黏糊糊　立刻完事
温度正好　尝到了那种小甜头　亚当们　找不着词儿宽恕自己
他们要的词外面没有　外头是母校这个名词　教室这个名词
外头是花园　水池　黑板　大操场　阅览室　书这些名词
和他手上的活毫不相干　男孩们憋得慌　只好做些暧昧的手势
编了些暗语来咕噜　互相逗着　交谈那种体验　走出公厕
去上课　听讲　记录　背诵　测验　答问　考试　温习
批复：把以上 23 行全部删去　不得复印　发表　出版

卷三　正文（恋爱期）

法定的年纪　18 岁可以谈论结婚　谈出恋爱　再把证件领取
恋与爱　个人问题　这是一个谈的过程　一个一群人递减为
　　几个人

递减为三个人　递减为两个人的过程　一个舌背接触硬腭的
　过程

一个软腭下垂　气流从鼻腔通过的过程　一个下唇与上齿
接近或靠拢的过程　一个嘴唇前伸　两唇构成圆形的过程

一个聚音对分散音　糙音对润音　浊音对清音　受阻对不受阻
突发音对延续音　紧张对松弛　降调对升调　舌头对撮口的
　过程

当然要洗头　洗脸　换衬衣　漱口　换袜子　擦皮鞋　洒香水
当然是最好的那一套　最好的那一条　最好的那一种
当然是七点到　当然是公园门口　当然是眺望与姗姗来迟
当然是杨柳岸晓风残月　当然是两张纸垫着　两瓶汽水
当然是相对无言欲言又止掩口一笑欲说还休却道天凉好个秋
当然是志同道合心心相印　当然是深深地　痴痴地　长长地
当然是摸底　你猜猜　"真的　不骗你"　当然是娇嗔　亲昵
当然是含着　噙着　荡漾着　当然是泪眼问花花不语
当然是多么多么　非常非常　当然是忧伤　悲哀　绝望
当然是转怒为喜　破涕为笑　当然是迟疑　踌躇　试探
当然是摸不透　推测　谜一样的笑容　当然是一块小手绢
一群蚊子　一只毛毛虫　一株蒲公英　一朵白玫瑰
当然是最最最好　刻骨铭心　难忘的　只有一次的
永恒啊月光　永恒啊小路　永恒啊起风了　永恒啊夜幕
永恒啊11点　永恒啊公园关大门　永恒啊路灯　永恒啊长街
永恒啊依依　永恒啊回眸　永恒啊背影　永恒啊秋波

时间到了　请赶紧　时间到了　请赶紧　再见　比尔

再见　露　下次　梅　下次　华　再见　桂珍　下次　兰

总结：狂草　不及物动词　形容词　名词　情态状语

赋　比　兴　寓言　神话　拟人法　反讽　黑色幽默

自白派　通感　新古典主义　口语诗　头韵　腹韵　尾韵

矛盾修辞　功能性含混　玉台体　天籁　象征　抑扬格

言此意彼词近旨远敌进我退敌退我扰道高一尺魔高一丈

表态：（大会　小会　居委会　登记的　同志们　亲人们

朋友们　守门的　负责的　签字的　盖章的）

安全　要得　随便　没说的　真棒　放心　般配

同意　点头　赞成　举手　鼓掌　签字

可以　不错　好咧　真棒　行嘛　一致通过

卷四　日常生活

1　住址

他睡觉的地址在尚义街 6 号　公共地皮

一直用来建造寓所　以前用锄头　板车　木锯　钉子　瓦

现在用搅拌机　打桩机　冲击电钻　焊枪　大卡车　水泥

大理石　钢筋　浇灌　冲压　垒　砌　铆　封

钢窗　钢门　钢锁　防十级地震　防火　防水灾

A—B—C—503 室　是他户口册的编码　A 代表

他所在的区　B 代表他那一幢　C 代表他那个单元

5 指的是他的那一层楼　03　才是他的房间

2　睡眠情况

他的床距地面 1.3 米　最接近顶盖的位置　一个睡眠的高度

噪音小　干燥通风　很适于储藏　存集　搁置　堆放

晚上 10 点　他拉上窗帘　锁好门　熄灯　这是正式的睡眠

中午　他睡长沙发　不脱衣裤　只脱鞋　盖上一床毯子

睡觉的好日子　是春天　睡得长　睡得好　睡得不想醒

睡觉的坏日子　是 6 月至 9 月　热　闷　一次睡眠要分几回

多次小觉　才能完事　秋天睡得最长　蚊子苍蝇来打扰

不用搔抓　放心睡　大觉　冬天他 9 点上床　有电热毯

3　起床

穿短裤　穿汗衣　穿长裤　穿拖鞋　解手　挤牙膏　含水

喷水　洗脸　看镜子　抹润肤霜　梳头　换皮鞋

吃早点　两根油条一碗豆浆　一杯牛奶一个面包　轮着来

穿羊毛外套　穿外衣　拿提包　再看一回镜子　锁门

用手判断门已锁死　下楼　看天空　看手表　推单车　出大门

4 工作情况

进去 点头 嘴开 嘴闭 面部动 手动 脚动

头部动 眼球和眼皮动 站着 坐着 面部不动 走四步

走 10 米 递 接过来 打开 拿着 浏览 拍 推 拉 领取

点数 蹲下 出来 关上 喝 嚼 吐 量 刷 抄 弯着

东经 35° 北纬 20° 之间 半径 200 公尺 海拔 500 公尺 气温

22° 东南风三级 时间 8 点到 12 点 2 点到 6 点

5 思想汇报（此节不宜外传 略去）

6 一组隐藏在阴暗思想中的动词

砸烂 勃起 插入 收拾 陷害 诬告 落井下石

干 搞 整 声嘶力竭 捣毁 揭发

打倒 枪决 踏上一只铁脚 冲啊 上啊

批示：此人应内部控制使用 注意观察动向 抄送 绝密

内参 注意保存 不得外传 "你知道就行了 不要告诉他"

7 业余活动

一直关心着郊外的风景（下马村以远）

锤炼出不少佳句 故乡 10 公里处的麦芒 有幸被他提及

（见《雨中》） 偶尔 雅正《志摩的诗》（志摩 现代诗人

留学英国 毕业于剑桥 着有《沙扬娜拉》曾译成日文

英文　法文　意大利文　塞尔维亚文和非洲16国文字）

常常　沿着一条19世纪的长街散步　（尚义街　属五华区

计有两处公厕　3家川味火锅店　12根电线杆　1个邮局

1家发廊　6个垃圾桶　3条胡同　14道大门　3条大标语

两个广告牌　10张治病海报　寻人启事　铺面出租）

每周　洗一回衣服　看两场电影　买7次小报　（晚报　文
　　摘周刊）

做80个仰卧起坐　逛商店6小时　（分三回　每回两个钟头）

每天　零食　20克蛋糕　20克葵花子　3条口香糖　1包花
　　生米

3克水果糖　看一次日历　看8回手表　坐下去9次　蹲20
　　分钟

躺下去11回　靠着4个小时　背着手　枕着手　手在

裤袋里　手在杯子上　手垂着　手松开　脚跷着　脚点着地板

脚弯曲着　脚套着拖鞋　脚在盆里　脚在布上面　脚赤着

每晚　拿掉布罩　按下ON　看广告　看新闻联播　看天气
　　预报

看动物世界　看唱歌　看跳舞　看30集电视连续剧

看广告　看外国人　看广告　看大好河山　看广告　看

球　花　衣服　水　看广告　看明天节目预告　看今天节目
　　到此

结束　祝各位晚安　看屏幕一片雪花　按下OFF

8 日记

×年×月×日 晴 心情不好 苦闷 ×年×月×日

晴 心情好 坐了一个上午 ×年×月×日 天又阴掉了

孤独 下雨 下午继续睡 ×年×月×日 睡了一天

×年某月某日感冒 某日刮风 某日热 某日冷 某日等待

某某

某年某月某日 新年 某日 生日 某日 节日

卷五 表 格

1 履历表 登记表 会员表 录取通知书 申请表

照片 半寸免冠黑白照 姓名 横竖撇捺 笔名 11个(略)

性别 在南为阳 在北为阴 出生年月 甲子秋 风雨大作

籍贯 有一个美丽的地方 年龄 三十功名尘与土

家庭出身 老子英雄儿好汉 老子反动儿混蛋

职业 天生我才必有用 工资 小菜一碟 何足挂齿

文化程度 少壮不努力 老大徒伤悲 本人成分

肌肉30公斤 血5000CC 脂肪20公斤 骨头10公斤

毛200克眼球1对肝2叶手2只脚2只鼻子1个

婚否 说结婚也可以 说没结婚也可以 信不信由你

政治面目 横看成岭侧看成峰 远近高低各不同 民族

遥远的东方有一条龙　星座　八字　属相　手相　胎记

遗传　绰号　面部特征　口音　指纹　脚印　血型

家庭成员及社会关系　父亲　档案重 3000 克　前半生

尚缺 500 克　待补　母亲　档案重 2500 克　兄弟姊妹

档案各种 1000 克　侄儿侄女　档案各重 10 克　爷爷　祖母

大伯　二外公　大舅妈　档案重 5000 克　均已故去

简历　某年至某年　在第一卷　某年至某年在第二卷

某年某年　在 B 卷　（距单位 500 米　本区医院内科）

某年至某年　在第三卷　某年至某年　在第四卷

2　物品清单

单人床 1 张　（已加宽两块木板　床头贴格言两条

贝尔蒙多照片 1 张　女明星全身照 1 张）

写字台 1 张　（五抽桌　半旧）内有：信笺　信封

日记本　粮票　饭菜票　洗澡票　购物票

工作证　身份证　病历本　圆珠笔　钢笔

狼毫　羊毫　梳子 7 把　钥匙 27 把

（单车钥匙　暗锁钥匙　挂锁钥匙　软锁钥匙

铜钥匙　铝钥匙　铁皮钥匙各多少不等）

坏的国产海鸥表 1 只　电子表两个（坏的）　胃舒平 1 瓶半

去痛粉 20 包　感冒清 1 瓶　利眠灵半瓶　甘油 1 瓶　氟轻松

零散的丸药　针剂　粉　膏　糖衣片　若干

方格稿纸 3 本　黑墨水 1 瓶　蓝墨水 1 瓶　红黑水 1 瓶

风景名胜纪念章 7 枚

书架 1 个　（高 1.5 米　长 1.2 米　共五层）　计有：选集 3 种

全集 1 种　辞海 1 套　《现代汉语》1 套　《中文自修辅导手册》

《自学》杂志　《性知识手册》《金瓶梅评论集》《大全》

《博览》《世界地图》《中国长联三百三》《健康与食物》

《摄影小经验两百条》《作为意志和表象的世界》《日语入门》

旧杂志 15 公斤　旧挂历 5 公斤　废纸 20 公斤

单价　旧杂志　每公斤 0.20 元（挂历废纸同价）

书　每公斤　0.40 元

工艺品六种：维纳斯半身石膏像　大卫石膏像　瓷奔马 1 匹

陶制狮子 1 尊　雄鹰 1 只　美洲豹 1 头

皮箱 1 个　（全新　有卫生球味　号码锁）内有全新西装两套

金利来领带 1 条（红色）　猩红色麦尔登呢 1 块　（长 4 米
　　幅宽

1.5 米）　丝绸被面两块　全新大相册 1 本　（无照片）

木箱 1 只（系旧肥皂箱）　内有　棉衣 1 件（压底）　旧军装
　　两件

旧中山装两套　旧拉链夹克 3 件　喇叭裤 1 条　（裤脚边已
　　磨破）

牛裤两条（五成新）　旧袜子（7 双）　短裤　汗衫　毛巾若干

吉他 1 把（九成新　弦已断　红棉牌）

玻璃压板 1 块（压着明信片两张　照片 3 张　一张他本人柔

　　光照

大 8 寸　秋天　前景为落叶　之二为集体照　公园门口合影

他　前排左起第 9 人　之三为一女性照片　该人

姓名　年龄　工作单位　出身　政治面目　行踪均不详）

黑白电视机 1 台　军用水壶 1 个　汽车轮子内胎 1 个　痰盂

　　缸 1 个

空瓶 13 个　手电筒 1 个　拖鞋 8 双（5 双已不能使用）

旅游鞋 1 只（另一只去向不明，幸存的九成新）

三接头皮鞋两双（半高跟有掌）　一双是棕红色

信一扎　35 封　（寄信人地址有　本市　内详

某电视台观众信箱　卫生知识专题竞赛筹委会

×市×胡同×号××街 246 号甲 707 室）

红梅牌小收音机 1 架　大搪瓷碗 1 个　靠背椅 1 把

（藤皮多处断裂）　长沙发一个　（长 1.8 米　面料已发亮弹

　　簧露出两个）

方便面 7 包　咖啡半瓶（雀巢牌）　电炉 1 只（1000 瓦）

垫单 3 床　（均已旧　有斑块和破损）　羽毛球两个　乒乓球

　　拍一只

扑克牌 3 副　（一副九成新　另外两副已缺失　混而为一）

围棋子 7 粒　（白 3 黑 4）　分币　71 枚　（地上

抽屉共有伍分币 18 枚　贰分币 30 枚　其余为壹分币　小纸币）

卷末 （此页无正文）

附一　档案制作与存放

书写　誊抄　打印　编撰　一律使用钢笔　不褪色墨水

字迹清楚　涂改无效　严禁伪造　不得转让　由专人填写

每 300 字　简体　阿拉伯数字大写　分类　鉴别　归档

类目和条目编上号　按时间顺序排列　按性质内容分为

A 类 B 类 C 类　编好页码　最后装订之前　取下订书针

曲别针　大头针等金属　用线装订　注意不要钉压卷内文字

卷页要裁齐　压平　钉紧　最后移交档案室　清点校对无误

由移交人和接收人签名　按编号找到他的那一间　那一排

那一类　那一层　那一行　那一格　那一空　放进去　锁好

关上柜子　钥匙　旋转 360 度　熄灯　关上第一道门

钥匙　旋转 360 度　关上第二道门　钥匙

旋转 360 度　关上第三道门　钥匙　旋转 360 度

关上钢铁防盗门　钥匙　旋转 360 度

拔出

卷
五

飞
行

飞　行

在机舱中我是天空的核心　在金属掩护下我是自由的意志

一日千里　我已经越过了阴历和太阳历　越过日晷和瑞士表

现在　脚底板踩在一万英尺的高处

遮蔽与透明的边缘　世界在永恒的蔚蓝底下

英国人只看见伦敦的钟　中国人只看见鸦片战争　美国人只

　看见好莱坞

天空的棉花在周围悬挂　延伸　犹如心灵长出了枝丫木纹

长出了　白色的布匹　被风吹开　露出一个个巨大的洞

　穴　下面

是大地布满河流和高山的脸　是一个个自以为是的国家　暧

　昧的表情

历史从我的生命旁后退着　穿越丝绸的正午　向着咖啡的夜晚

过去的时间在东方已经成为尸体　我是从死亡中向后退去的人

多么奇妙　我不是向前面　向高处　在生长中活着

而是逆着太阳　向黑夜　向矮小的时间撤退

而我认识的人刚刚在高大的未来死去　佤族人董秀英

399

马桑部落的女人　一部史诗的作者　日出时在昆明 43 医院
　　死于肝癌
现在我是有资格谈论死亡的人　因为我将要降落的机场死亡
　　尚未开始
在飞机的前方　我不认识任何一具由于食管破裂而停下来的
　　躯壳

都惦记着自个的旅行袋　心不在焉地看些有字的纸　关照着
　　邻座的女孩
脸孔凑近小圆窗　朝机舱外面看看　太阳照常升起　天空无
　　际无边
一只只想法一致的脑袋　晃动在座椅的边缘　兴奋地盼着起飞
谁会有如此大逆不道的念头　一个烂蘑菇的念头
世界啊　你不要离开大地　黑夜啊
不要离开那些火把　道路啊　你不要离开遥远
让我在落后的旧世界里辛劳而死
让我埋在黑暗的大地上　让我在昆虫中间腐烂
让我降落的非洲的烂泥浆里　尾随着一头长满虱子的豹子
走过爬满蜥蜴和荆棘的岩石
"哦　那是诗人的病　这样想才会与众不同！
过几分钟　再笨重的念头也要飞起来　进入失重状态。"

起飞　离开暴乱和瘟疫　离开多雪的没有煤炭的冬天

旋转　在一个长管子的中心　红烧的罐头肉

穷诗人的海市蜃楼　一座移动的天堂　云蒸霞蔚……

离开土著的一切陈规陋习　一颗射向未来的子弹

就要逾越时间的围墙　就要逾越二流的日子

凭着这张一千美元的机票　美好的生活就一览无余

有人就要用玫瑰去比喻她的母亲

有人就要当上一个纯洁的天鹅饲养员

"我想那美妙的空中　定然有美妙的街市

街市上陈列的一些物品　定然是世上没有的珍奇"

心比一只鸟辽阔　比中华帝国辽阔

思想是帝王的思想　但不是专制主义

而是一只在时间的皮肤上自由活动的蚊子

在一秒钟里从俄国进入希腊　从大麻到天使

从织布机到磁盘　从罗布·葛利耶到康德

从切·格瓦拉到老子　我的领域比机器更自由

刚刚离开一场革命的烙铁　就在一棵玉米的根部

观察蚂蚁或　蚂蚁看到的蚂蚁

我可以在写毕的历史中向前或者退后

犹如将军指挥士兵　向清朝以远会见阮籍

在民国的南方转身　发现革命的内幕　国家的稗史

越过新中国的农场看到工业的胸毛

我可以更改一个宦官的性别　废除一个文人的名次

我可以在思维的沼泽陷下去　扒开烂泥巴一意孤行

但我不能左右一架飞机中的现实

我不能拒绝系好金属的安全带

它的冰凉烫伤了我的手　烫伤了天空的皮

从前　女妖的一支歌谣　巨人的一只独眼

就可以把流放者的归乡之路　延长四十年

英雄在海上经过一场风暴　同时也穿越了惊涛骇浪的一生

当王者尤利西斯　仰望上苍　天似穹窿　笼罩四野　神的脸
　　露出云端

诸神的飞毯啊　令他感动　令他敬畏　令他恐惧　令他跪下
　　来　四肢抓着岛屿

肢解时间的游戏　依据最省事的原则　切除多余的钟点

在一小时内跨过了西伯利亚　十分钟后又抹掉顿河

穿越阴霾的布拉格　只是一两分钟　在罗马的废墟之上　逗
　　留了三秒

省略所有的局部　只留下一个最后的目标　省略　彼得堡这
　　个局部

省略　卡夫卡和滑铁卢之类的局部　省略　西斯廷教堂这个

局部　省略

恒河和尼罗河之类的局部　美索不达米亚平原和希腊之类的
　　局部

"因为这些翅膀不再是飞翔之翼　只不过是用来拍击空气"

每个人都彬彬有礼　笑容可掬　不再随地乱吐　不再胡思乱想

生命已经在未来的热水袋中封闭　贵金属的墙壁　不透风的
　　试管

消毒完毕　作为成品中的一员　你不必再费心或者恶心

"抓紧了啊　于是我们冲下去"

牛奶儿童　胸肌男子　时装少妇　快青年和慢老人　靓女们
　　的指甲在飞

暖气座椅可以自由调节　时间一到　配制的营养　自动送到

小姐们都是模特儿标准　空心的微笑容光焕发

不爱也不恨　"先生　要茶还是咖啡？

女士，这里有今天的金融时报。"

目标十分明确　地面有雷达导航

公主的大脚丫　会舒适地进入合脚的水晶鞋

新世界在时间前面恭候着诸位　像一位功德圆满的绅士

他会用一把牛肉刀片将你从贫民窟刮下来

再用一把奶油扳手把你在大面包上拧紧

"它寻求什么　在遥远的异地？

它抛下什么　在可爱的故乡？"

一个人一生可以经历三个时代　使用三种辞典

一个城市可以三次成为建筑工地　三次天翻地覆

今天　有什么还会天长地久？

有谁　还会自始至终　把一件事情　好好地做完？

一座大教堂　在安特卫普　用了两百年建成

另一座在巴黎　在三个王朝的兴亡中施工

无用的天坛　高踞中国北方的大野　辉煌的玻璃瓦

恍兮惚兮　令时间虚无　令永恒具象

但另一个天坛　谁还耐心去造？

瞧瞧大家在想些什么　"我没有时间。"

争分夺秒　日异月新　多快好省　一天等于二十年

从右派到左派　从破旧立新的造反者

到为家具的式样苦思冥想的小市民

从长辈到不懂事的小孩子　都害怕自己过时

与辽阔无关的速度　没有未知数　没有跋山涉水的细节

所谓飞行　就是在时间的快餐中　坐着　原封不动

静止的旅途　不能跑　不能躺　但可以折叠　"我们想着钥

匙"

从这一个位子到那一个位子　从这一排到那一排

从这一次正餐到另一次正餐　从这一次睡眠到下一次睡眠

从这一次小便到另一次小便　从这一次翻身到另一次翻身

预订的降落　预订的出口　预订的风流事与灾难　预订的

闲聊和午餐　预订的吉利数字和床位　预订的感冒和头痛

在预订的时差中被一个高速抵达的夜晚押解入境

当你在国王的领空中醒来　忽然记起　你已经僵硬的　共和

　　国膝盖

B 座王大夫是一个好同志　原装的副处级　五十岁获准外运

小医生　一向在大医院做事　在星期一　想象一朵红红的玫

　　瑰　比配制

糖尿病的药剂　更得心应手　天天对女患者说什么　"在远

　　方，

有一座岛屿会唱歌；　在远方，　红鬃马伏在月亮背上……"

一生都在打听风流韵事　扯谎成性的老丈夫

逼着他说假话的黑暗王国　不是专制主义　是他爱人

一九六六年他没有遇上婊子　而是遇上了广场上的女青年

所以他最害怕的事就是　柔软　他可以想象各式各样的手淫

但他的手已经贡献给组织　只能用于不临床的手术

他有些发霉的愿望　在阿姆斯特丹　他要看看

运河上的妇女　就是摸一摸也比癔寐思之要好啊

地面目标接近的时候　他脱掉了工作服　具体的叛徒

才发现的他的海绵体是有思想的　太贵了　太贵

从倾向到前列腺　隔着五十个荷兰盾

来自过去　在一条河流的时间中

我获得了基本的智慧　在南方的公寓里

我曾经像道家那样思考　想得多　说得少

窗外是桉树和柳树　树上住着乌鸦　天空有白云和乌云

"我欲乘风归去　又恐琼楼玉宇　高处不胜寒"

犹如列子　随着秋天　我曾在大地上御风而行

骑着树叶造成的黄鹤　降兮北渚　落彼洞庭

"高飞兮安翔　乘清气兮御阴阳"

约翰的便条上写着　布鲁塞尔有三个机场　你要在中间的那

　　个下去

陌生的国家　我看不出弗莱芒语的机场与汉语的机场有何不

　　同

我只知道天会下雨　风会在大地上流动　岩石会出现在山上

我只知道　河水会流　鸟在天空　海在水里　城市的尽头会

　　出现原野

我只知道　出入国境线　要交验护照

穿过太阳或风暴　雨或晴　热或冷　悉听尊便

暂时的　一切都是暂时的　座位是暂时的　时间是暂时的
这个航班是暂时的　这个邻座是暂时的
上帝是暂时的　单位是暂时的　职业是暂时的
妻子和丈夫是暂时的　时代是暂时的　活着是暂时的
还有更好在前面　更好的位子　更好的伙食
众所周知　更好的日子　更好的家　都在前面
"焦虑的羽毛　为了投奔天空　拍卖了旧巢"

一切都在前面　马不停蹄的时间中
是否有完整的形式　抱一而终？
是否还有什么坚持着原在　树根　石头　河流　古董？
大地上是否还容忍那些一成不变的事物？
过时的活法　开始就是结束
它必然是向后看的　鸟的种族
飞行并不是在事物中前进
天空中的西绪弗斯　同一速度的反复
原始而顽固的路线　不为改朝换代的喧嚣所动
永恒的可见形式　在飞机出现之前
但远远地落后了　它从未发展　它从未抵达新世界

过去　孔子和学生驱车周游

在通往宫廷的路上下地步行　遇见了停着的老子

遇见造鼎国家　遇见青铜之城

遇见美人南子　最后智者停下来

向一棵千年如一日的柏树

学习生活　温故知新

但现在让我们正视这架空心的波音飞机

八千里路云和月　没见着一只蚊子

十二次遇见空姐　五次进入卫生间　共享的气味

至少有八个国家的大便在那里汇合

乘客产自不同粮食的肚子　都被同一份菜单搞坏了

现在要耐心地等一等　守在门外的是玛丽

里面的小子是黑田一郎　他是我们的尿路结石

"楼阴缺　阑干影卧东厢月　东厢月　一天风露　杏花如雪

隔烟摧漏金虬咽　罗帷黯淡灯花结　灯花结　片时春梦　江
　　南天阔"

一些破损的繁体字　对应着下面　没有幽灵的新城

"类似伦敦的郊区。"　白瓷砖的皮肤　玻璃的视力　铁栅栏
　　划出的生命线

哦　故乡　发生了什么事情　为何如此心满意足　为何如此
　　衣冠楚楚

从未离开此地　但我不再认识这个地方

旧日的街道上听不见黄鹂说话

七月十五的晚上　再没有琵琶鬼从棺材中出来　对月梳妆

谁还会跷起布衣之腿　抬一把栗色的二胡　为那青苔水井歌
　　唱？

"路漫漫其修远兮　吾将上下而求索"

过去是死亡　苦难　战争与革命　流血和饥饿

现在是经济起飞　面包议会　汽车与电视　和平鸽与炼油厂

将来是污染和性解放　后现代和艾滋病

将来是厌弃汽车　保护环境　重返大自然　提倡步行

预料中的线路　我们只是按图索骥的电工

我会掏出来吗？　那里离潮湿非常　非常遥远

父亲的声带是颤抖的　杀人的广告布满阳光

在六六年的动物园　我向禁欲的猴子　学习男性的传统

而一米之外　就是帝国的手术台

在学校我进行了体检　割去多余的舌头

我看见洗脸毛巾的同时也看见我舅舅

在一张双人床和一座梳妆台之间被捕

我姨妈一生都仇恨她的美貌　故国的春天中

当白玉兰在四合院中开放　她提着菜刀投奔了广场

挂在樱花中的喇叭震聋了我的耳朵

红色的钢板上我发现了手淫的钻头　我蔑视

那些软绵绵的事物　我拒绝缩短手指头和一只乳房的距离

我可以想象一把意志搭成的梯子

如何升入云端　把太阳取下来　挂在物理系的教室里

哦　我的硬邦邦的青春　一座小型的钢铁厂

"我干的活计是焊接钢板。"

靠着 K 座的扶手我虚构着青藏高原的现场　机舱外面是零下
　　50℃

里面是人造的春天　而同时在定日的山岗中一位僧侣体验了
　　季风的温度

他下到水中间喝掉河流的一些舌头　他与一头豹子说到印度

他的语言因此透明　他种植荞面的手多么美好　他落后于山
　　上的岩石

"光暗了。"　在落日建造的庙宇中　他说

像黑暗在倾听墨水　像帝国在倾听阴谋

像墙壁在倾听房间　像时间在倾听事物的腐败

一开始　我就处于被听的位置

父权五官之下的婴儿　谁能够抗拒他的监听　审视

是他说　没错　下一趟飞机　就是从那里出发

有些事　当你明白　已经很晚　有些所在

让我事先知道　我也就小心地避开　例如天堂

另一些地方　我知道是地狱　但还是

自觉地照着图纸　配了钥匙

总是在秋天　才去河岸的果园　总是雪积得很厚

才造炉子　总是在最后一班地铁开走　我才到达车站

又迟到了　最后一个美女已经出嫁

不知道是谁做了一切　当你发觉　已经很晚

一切都已经完成　当你明白　事情已经了结

好事情永远在收尾　对于这个已经完工的世界

你无言以对　一切都已经有人说过　一切都有人占有

像是天空中　打捞尸体的工人

多余的家伙　无所事事　作为诗人　只不过是无事生非

让家长和当局生气　总是不合时宜　总是破绽百出

怎么活别扭　我就怎么别扭

一错再错　永远通不过的检讨书

我是世界的缺点　疮疤　眼中钉　梅毒

他让我蒙在鼓中　怪谁呢　是他用土

合成了你　合成了他

合成了我们大家

吾高阳之苗裔兮　吾老杜之高足

一九五四年八月八日的早晨我出生于中国的云南省

一片落后于新社会的高原　在那里时间是群兽们松软的腹部

是一个孵老在天空中的剥了皮的蛋黄　在那里

人和神毗邻而居　老气横秋的地主　它的真理四海皆准

美好的事情就是　背着泉走下青山　美好的事情就是

秋天原野上的稻草堆　美好的事情就是　被蒲公英的绒

　　毛　辣得流泪

美好的事情　就是刺手的向日葵和杨草果树下的黄草地

美好的事情就是在母马尖叫的下午

一个男子的右腿被马缨花绊倒在蜡染布上

我已经上路　我会掏出来吗

在旧金山的澡堂里　金斯堡乱伦的器官奄奄一息

他的词典被遗忘在东方的箱子中　他落后于美国而成为诗歌

　　先锋

去年写诗　半年前炒股票　上周导演舞剧

现在是前往地中海　补习一年级的语文

"是否至少把自己的园地整理好？"

一路上瞌睡连天　除了如厕就不轻易动弹

在安全手册看来　他真是一个配套的好乘客

但是肉体与睡眠　总是貌合神离　它不会跟着什么飞行

你远走高飞　它呆在原籍　普遍的十九层　在这里飞翔是向

　下的

一股臭袜子的味道已随着眼皮合拢

为幸福的家庭预订的套间　建造得这么标准

"我们真的很幸福，我们的孩子很健康，

我们吃得好　我们有个温馨的家"

犹如戏剧的现场　出现了真正的人生

一张双人床　一个白马桶　一间带煤气的厨房

没有规矩的被窝　藏污纳垢的拖鞋　索命的小闹钟

收音机一直调在短波2　裸体画册　事后

在匆忙中揉成一团的卫生纸　过期杂志　空药瓶

皱巴巴的枕头帕　某女士的散文集

讲的是忧郁夏日里　她的那颗心

还有老是嫌它碍事的短裤　都公开地扔在地毯上

男的　蹲在旧马桶上看印刷品　下面是转过脸去的地球

每次都要看一整版文章　幸福婚姻的秘诀

说的都是不能多吃盐巴　不能多吃盐　又是不能多吃盐

梦见热的肥皂水从楼上的洗澡盆放下来的　黄色声音

左手摸摸铸铁的下水管　思考　浪费了的是什么

右手在腹部搜索　探探是否　会碰着可疑的包块

下面完事了　冷不防　螺丝松动的盖板倒下来　砸中臀部

气恼了两分钟　午餐是什么样子　打个电话　问问牛奶站

女的　在席梦思上做梦　她的手臂是一只红锄头

歇在黑色的葡萄园　她的梦境里有一只山羊　一只陶罐

一簇白羽毛　蘑菇变的老妖精　幸福的句号并不远

近在咫尺　当她披头散发　想起飞机票的时候

灯可以随便开　杯子是消过毒的　还有信用卡　所以不封阳
　　台

普遍的飞行　都一模一样好像刷油漆　安地板　漱口和做爱

用的都是复写纸　不是地狱　但地狱肯定要有这种基础

总比自己独出心裁　省事　标新立异　得罪的是一大片甘蔗

得罪的是　普遍的公寓　普遍的坏电梯　普遍的妻子　普遍
　　的丈夫

（他总是醒在十一点半钟　一个被海滩冷落的胖子）　普遍的

性冷淡　普遍的偏头痛　普遍的呼吸道感染　普遍的糖尿病

"要是能免费就好了。"

过去我相信诗歌不朽　大地永恒

熟读唐诗　我夜夜故国神游　何时石门路　重有金樽开？

在滇池的渔船上　我经常遇见才子王勃　他骑着白鹤像骑自
　　行车

哦　那个秋天落霞与孤鹜齐飞　我学习笛子和骚体　热爱白
　　居易

过去我吸附着大地　我知道怎样像一棵橡树那样扩张

轻盈　脱离物质的局限　又获得地基的重量　一旦我不再受
　限制
我知道怎样融合淫荡与贞洁　最优美地生长
我知道如何与风一致　又像花岗岩一样坚硬
如何像高原的花朵那样舒展繁荣　又像冬天的心那样简单清
　秀

这是一架劫持了时间的飞机
它要强迫一部农历在格林威治降落
本世纪　最前卫的风景
在教堂后面　速度一致的游客　当着上帝的面
掏出雪茄　也顺便掏出生病的阴茎
塞壬的卧室　在粉红色的下水道上　投下人妖般的倒影
姑娘们八点钟上班　对着一只只禁欲的火腿涂脂抹粉
色情过道里人来人往　嫖客们都是世界公民
地铁的出口就是超级市场　疗治万物的医院　清洁卫生
泥巴远离蔬菜　大地的子宫　用塑料布包扎起来
鱼或者熊掌　哲学和艺术漫步在货架之间　犹豫的都是两件
　事情
兑换率是多少　马上就干　不需要情书探路　不需要红红的
　玫瑰
不需要絮絮叨叨　不需要信誓旦旦　不需要自我表白

415

一切繁文缛节　统统免去　起飞　下降　一刻钟就到天堂

面对着生病的红屁股　你会掏出来吗？　我会掏来出吗

这个念头令我心绪不宁　令我的老师心绪不宁　令我的好朋

　　友们

心绪不宁　令童男子和少女心绪不宁　令领导和同志们心绪

　　不宁

令皇帝的龙床心绪不宁　你会掏出来吗？

五月的黑夜中我听见一只蜜蜂学会了算术

我注视着一群树枝扔掉叶子　举起了旗帜

这不是一只苹果的叛变　不是一条金色毛虫的阴谋

虚构于黑暗中的花朵　已经成为盘踞于白昼的庞然大物

有史以来最大的庞然大物　最有力量的庞然大物

它使一切都成为脆弱的　脆弱的大地啊　脆弱的天空啊

脆弱的水啊　脆弱的狮子啊　脆弱的永恒啊

脆弱的诸神啊　脆弱的长安之月

脆弱的雅典山冈上的石头

"我是一条天狗呀！

我把月来吞了，

我把日来吞了，

我把一切的星球来吞了，

我把宇宙来吞了。

我便是我了！"

在吹箫巷家那边　旧阁楼上住着艾米莉表姐和她的壁虱

中堂上贴着颜真卿的书法　父亲以陆游自许　像毛驴那样走
　　路

转弯的角落挂着篾帽　梧桐树下是黑色的水桶　日复一日

深宅大院里群鬼们在阴凉处睡觉　夕阳穿过西厢照耀着外婆
　　的草墩

母鸡下蛋　家猫飞越横梁　厨房的女巫在歌唱

我的第一首诗感激了原野上的落日

我的第一次爱情献给了在星期六的晚上用脚盆洗澡的母亲

我三岁的时候看见高山　大河　某个晴朗的下午我知道了鹰
　　的名字

"我们靠这　仅仅靠这而活着

可是我们的讣告从不提起它"

此时此地　幸存的事物还在着

我思念的片断是一只在雨后的田野里爬满露水的南瓜

这思念在夏日的流水中与女人的体温交谈

我思念着云南松冈上一只睡眠中的松子

它在阳光下爆裂的声音惊动了附近的湖泊

"那一度活着的已经死了　多少得有点耐心"

多愁善感　你小心过早秃顶

现在我们的飞机呀　驶进了眼科的天空

我是这架飞机中惟一的双目圆睁的疯子

空姐推着橘子的黄色小便穿过我的食道　递给我两个眼罩

离未来还有四个小时　她像梦露或夏娃那样盯着我

她要我虚构一个电视的夜晚　或者一个索尼的夜晚

她要我视而不见　把前面的头等舱想象成伊甸园

神赐的一天　多么晴朗

天空系着蓝围裙　就像是星期天的妈妈

一大早就出门　来到黎明的市场上

她的篮子里　鲜花在盛开

南方的盆地　一只红色的蚌　吐出了湿漉漉的泥巴

湖泊也是蔚蓝的　鱼在里面游动

少女们鼓起乳房　出了村庄　朝向蜜蜂房

林中空地里　母的都在受孕

守林人的小屋外　坐着一只多情的蝉

碰上这一天　我多么幸运　太阳升起了

万物中的一员　我也是光辉中的生命

神啊　我知道你的秘密

在远离大河的地方　我在阴暗的街道上谈论着汽车的新型号
空气使人疼痛　你在我眼睛的盲点上　很多年　我早已置身
　　事外
我只看见前排的假发　塑料的花在比喻南方的一种植物
群山的阴影中　你已变成母狼　哦　闪办　南方的菠萝蜜情人
那一天我越过瑞丽江　红色的河水上　漂着亚热带的黑女儿
哦　赤脚姑娘　你的破裙子上爬着星星般的甲壳虫
你的脖颈上有棕榈树的灰尘

西藏过时了　乡巴佬的陕北啊　你过时了　鲁迅呀　你的社
　　戏过时了
沈从文呀你的湘西过时了　过时了　帕米尔高原布满松树的
　　尾巴
过时了　村姑们粗野的美　过时了　《小农家的暮》啊　过
　　时了
喝山泉的村子　过时了　云南荒原上的狐狸　依附着大地的
　　一切
都过时了
西伯利亚的荒原呀　小白桦呀　印第安的部落呀
伏尔加河上的纤夫呀　非洲的青山呀　马神和风神呀

萤火虫环绕的南方之神呀　你们都过时了
"这是一沟绝望的死水　这里断不是美的所在
不如让给丑恶来开垦　看他造出个什么世界"

哦　耳朵里充满金属耗损的噪声
我听不见大地的声音了
听不见它有声音　也听不见它没有声音
大地啊　你是否还在我的脚下？
我的记忆一片空白　犹如革命后的广场　犹如文件袋
戎马倥偬　在时代的急行军中　我是否曾经　作为一只耳朵
　　软下来
谛听一根缝衣针如何　在月光中迈着蛇步　穿过苏州　堕落
　　的旗袍？
我是否曾在某个懒洋洋的秋天　为一片叶子的咳嗽心动？
我是否记得故乡的夕阳中　一把老躺椅守旧的弧线？
"小红低唱我吹箫　回首烟波十二桥"
哦　我是否曾在故国的女墙下梦见蝴蝶　在蝴蝶梦里成为落
　　花？

我的听觉只对惊雷发生反应　我习惯于嚎叫与喧嚣
"一旦被人声唤醒　我们就淹死"

"在着。"　这话多么好　多么古老　多么背时

420

在高原的月光里面　　小杏在着烫她的黑发

果果含着指头睡在果园里

在着　　在东方的梅园里　　雕梁画栋涂着梅花的影子

在着　　母亲叠起了丝绵被

在着　　故乡的小巷　　卖山茶花的姑娘来了

滇池在着　　里面出生着新的扁鱼和石头鱼

西山在着　　寺庙在白梨花之中

山在着　　豹子在湖边看自己的脸

在着　　筇竹寺的五百罗汉

在八月的风中　　托着瓷钵　　走下青山

六小时后我看见一只海鸥在机舱的圆形躯壳外面哑哑地尖叫

样子恳切　　黑色的前蹼在光滑的铝皮上抓着　　滑下　　好像要
　　进入到机舱中来

我相信这就是它真正的愿望　　在这个世纪末

一只冻土地带的鼹鼠也知道暖气是好的　　现代化是好的

云南省的　　一只户口在鸡枞菌上的紫色蜗牛　　也渴望着长出
　　蹄子

但是让我个人的主义慢些　　让我离开这架飞机的时间　　让我

比它更快地落后　　让我的诗歌降落在慢吞吞的云南

"在上升中下沉的事物　　都是石头的种

他们总是在最后滚下来　　砸在时间飞跑的脚踵上"

让我的臭皮囊　　跟着飞机继续远行吧　　我的诗歌向着大地飞

421

坠

但是怎么啦　怎么我的屁股挑在烟囱上　诗歌之肉啊多么娇
　嫩

这双受伤的眼睛　落在钢铁厂的睫毛里

浪漫主义的降落伞　被红色的救火车扑灭了

在摩天大楼的尖顶上　吊着一张美学讲师的嘴

一匹真马和它的骑手在北方的原野上慢下来

变成了兵马俑

南方的云会以为他恰到好处

但在这架飞机上他永远找不到座位

出生于晋朝的作者　已经适得其所

屋顶建筑的蓝色的丘陵之间　青霭入看无

"在乡村教堂的墓地有一棵老水松

每一年春天它都开得茂盛"

"秋兰兮青青　绿叶兮紫茎　满堂兮美人　忽独与余兮目成"

明月上升的时候他会想起松树上的鸟巢

在夏季的洪水到来之前　他涉过溪流　挥锄筑堰

油漆匠唐明修的邻居　工于看见看不见的事物

在 26 个字母之间　他只要了一杯茶

然后在荧光屏上消失了

在远方　头等舱灯火辉煌　来自菊花村的女作家　热爱着微

波炉

她丈夫　一个波士顿晚报上的老玉米　不会说汉话

买的是单程机票　玉珍家的丫头深知

只有那么多座位　必须抓紧时间　抢滩夺地

她对一成不变的故乡深恶痛绝　在那边

旧世界等级森严　各得其所　雨水属于泥土　森林属于野兽

田园是劳动者的　黑暗属于所有的眼睛　苹果挂在苹果树上

山羊　总是山羊的样子　天空　成全的是鹰和乌鸦的生活

却把才女的青春　耽误　时代远去了　根在原处

因此愤世嫉俗　乡村现代派　赞成达达主义

咒骂孤陋寡闻的父母　仇视嫉贤妒能的村子

在春天的夜里　当花朵在她故乡的蓝色山冈

一朵朵得意地诞生　她在绝望中　嚎叫

掐死最后一只跳蚤　把一瓶蓝墨水　统统喝光

自杀未遂　发现了颓废一词　从此对人生有深刻的理解

终于跳上飞向天边外的班机　抛下一句名言　好日子在山那
　　边

后来她生活在别处　在公寓里相夫教子　重新学习礼貌

深情地使用计算机　站在游泳池边　与白领人士攀谈

发福的家庭妇女　扶着手推车穿越加利福尼亚的落日

在光明普照的超级市场　与

正在选购冰冻猪蹄的

垮掉的一代　擦肩而过

"速度太快　你可要抓牢了不放啊！"

山鹰在仰视着我们的飞机　天空中的旧贵族

它曾经是历史上　飞得最高的生物

但现在它在我的脚底下　犹如黑夜扔掉的一条短裤

在我们的飞机中看不见鸟　也看不见云

在我们上面没有鸟　也没有云　上面啊　已经空无一物

我们已经越过上帝工厂的烟囱　越过了他的国旗

天天向上　我们已经高高在上

哦　去天堂的道路是否只有一条航线？

如何消除山茶花进入肥料的决心？

如何离间狼群对动物园的好感？

如何取消一张贫穷的餐桌存在自动取款机中的抒情诗？

如何在一万尺的高处逃跑　降落在皇帝的后宫？

世界的一角掀起来　是根特冬天的雨夜

古老的城　黑暗中的教堂　摩天大楼眼中的老古玩店

汉语三诗人肩并肩　约翰在前面引路　重建巴别塔的智者

后面是美人万伊歌和摇滚乐歌手　最后是扬　一个邂逅的弗
　　莱芒诗人

我们是古代的朋友　好风　从宋朝的树林中吹过来

把万伊歌金色的头发散开在姜白石的词中　只有少数人　会

皮肤过敏

七个使徒的鸡皮疙瘩　七个使徒在英语之外的尊严　七个使
　　徒对时间的遗忘

温暖的咖啡馆　杜甫的心情　闲来垂钓清溪上　忽复乘舟梦
　　日边

中年的扬　像我从未出生的哥哥　他说梦见在一所监狱里和
　　我住过

此语令但丁嫉妒不已　诗人都是一座监狱里的同性恋者

道路泥泞　混杂着吃剩的麦当劳和卫生纸　达尔文的切片

根特的河像盘龙江一样古怪　"油和沥青　洋溢在河上"

哦　这是一架已经保险的飞机　这里已经没有任何问题

"新的转机和闪闪的星斗　正在缀满没有遮挡的星空"

马上就要下降　英语在报告地面的温度

晴朗　警方捕获放置炸弹的黑手党　地铁再次客满

在铁鸟的两翼下　黑暗之桌已经把所有的灯座铸定

不可能想象下面还会有一匹真狼在执政

不可能想象一个兔子的党或一个蘑菇的社区

最丰富的想象力　也想象不出在阳光和水泥之间

如何容纳一匹黑色母豹与鹿群相依为命的生活

但我可以平静地接受一个水泥的国家　一部水泥的诗经

我可以接受一个水泥的妇产科　一片水泥的大海

一切都涌向现代去　这么多人　涌过了伦敦桥

"间或　也用英语交谈"

这么多人　那个作者可没想到

"那高空中响着什么声音"

会吸引了这么多讲究平平仄仄的读者

他没有想到　上帝的旧公园已经如此令人心烦

机舱中挤进了这么多的攥着登机牌的手

犹如干燥的树枝　抓住了烈火的边缘

"这里没有抱怨的声音　除了叹息

震撼着永恒的天庭"

"去故乡而就远兮　去终古之所居"

在时间的后院　并没有抵达事物的开始

从开始向着后来后退　却撞进未来的前厅　到站

按字母排列的 "不真实的城　在冬日正午的棕黄雾下"

被一份份逼真地复印出来　一座座移动着　犹如连锁店

城Ａ　城Ｂ　城Ｃ　城Ｖ　城Ｒ　城Ｍ　城Ｗ

灰色的飞机场　已经把庞大的身躯和爪牙　摊开在各国的郊区

像是在水泥的鸟巢中孵出的恐龙　它从黑暗中伸出发光的长舌

吞下了我们　吞下　所有　驾驶员　空姐　机修工　中国人

希腊人　玛雅人　印第安　所有　大亨　小偷　赤色分

　　子　佛教徒

妓女　素食主义者　牛仔　总统　所有　下去吧　乘客
这是唯一的出口　没有一个人可以拒绝
"在远方　我们所能看见的　只是永恒的巨大的荒原"
从这个口进去　从那个口出来
不过是九个小时　不过是揿了几个键　Enter!
我已经在一大片拼音中间　晃着两只陶瓷的耳朵

1996 年 12 月初稿

1997 年 2 月 1 日改

1997 年 5 月 16 日再改

1997 年 8 月 10 日到

8 月 18 日、22 日又改

10 月 15 日改

1998 年 8 月发表于《花城》 8 月再改

2000 年 2 月 23 日星期三改定

后　记

　　这本诗集收入的是我在二十世纪八十年代到九十年代期间创作的主要作品，大部分作品是第一次结集。在此之前，我经历了一个漫长的不能出版诗集的时期。1989 年我出版了第一本诗集《诗六十首》，它们出版后运到我家里，我是通过邮寄的方式把这些小册子卖掉的。1993 年在朋友的资助下，我印行了另一部诗集《对一只乌鸦的命名》，它同样从未进入发行渠道，乌鸦们是一只一只从我家里飞走的。此后七年之间，我再也找不到愿意出版我的诗集的出版社，这个国家的很多出版社都把出版诗集看成是对诗人的一种施舍。我的主要作品是在一个普遍对诗歌冷落的时代写作的，伴随着这部诗集的是贫穷、寂寞、嘲讽和自得其乐。在这个时代，放弃诗歌不仅仅是放弃一种智慧，更是放弃一种穷途末路。"文章憎命达"，我并不抱怨，作为诗人，你必须事先知道这一点。我之所以一意孤行，穷途不返，因为我一贯蔑视某些东西，蔑视它在时代中总是占着上风的价值观；因为古代中国有一个伟大的诗人传统："我辈岂是蓬蒿人""天子呼来不上船"。

诗是存在之舌，存在之舌缺席的时代是黑暗的时代。诗是无用的，任何企图利用诗歌的时代，我们最终都发现，它正是诗歌的敌人。但如果一个时代将诗人视为多余无用之辈，那么这时代也同样是一个地狱。

上帝死了，据说。但我知道诗人活着。作为人类的一员，诗人在我们中间。如果诗人也死了，那才真正是世界的末日。

我的诗一直被"高雅的诗歌美学"视为非诗。我一意孤行，从未对我的写作立场稍事修正。我以为，应该是时代向诗人脱帽致敬，而不是相反。应该是时代和它的美学向诗歌妥协，而不是相反。——这正是我尊重和崇拜诗歌的原因，在任何方面，我都可能是一个容易媚俗或妥协的人，惟有诗歌，令我的舌头成为我生命中惟一不妥协的部分。

我始终坚持的是诗人写作。世界在诗歌中，诗歌在世界中。因为诗歌来自大地，而不是来自知识。写作的"在世界中"乃是一种常识，乃是诗歌的一个最基本的出发点。从杜甫到曹雪芹，汉语从不以为它是在世界之外写作，是为了"被翻译"与某种知识的"接轨"而写作，但这一常识今天已成了少数智者在坚持的真理。诗歌本身就是在世界中的。诗歌不是经济体制，不是外贸，它指向的是世界的本真，它是智慧和心灵之光。在诗歌中，中国人、印第安人、老挝人、澳洲土著与英语世界的智慧并没有第一世界、第三世界、发达或不发达的高下之分，不存在所谓"接轨"的问题。今天，普天下，都是渴望着接轨的人群与他们的知识分子。就像云南森林中的黑豹那样，"在世界中写作"的人已经几乎绝迹。这个充满伪知识的世界把诗歌变成了知识、神学、修辞学、读后感。真正的诗歌只是诗歌。诗歌是第一性的，是最直接的智慧，它不需要知识、主义的阐释，它不是知识、主义的复述。诗歌是生而知之者的事业。诗歌是人类语言世界中惟一具有生殖器官的创造活动。诗歌之光直指人性。诗人拥有的难道不仅仅就是诗人写作么？难道还有比诗人写作更高的写作活动么？诗人写作乃是一切写作之上的写作。诗人写作是神性的写作，而不是知识的写作。在这里，我所说的神性，并不是"比你较为神圣"的乌托邦主义，而是对人生的日常经验世界中被知识遮蔽着的诗性的澄明。

诗歌乃是少数天才从生命和心灵中放射出来的智慧之光，它是"在途中"的、"不知道"的，其本质与"知识"是对立的。诗人写作是谦卑而中庸的，它拒绝那种目空一切的狂妄，那种盛行于我们时代的坚硬的造反者、救世主、解放者的姿态。它也拒绝那种悲天悯人或愤世嫉俗的"生不逢时""我不入地狱，谁入地狱"之类的故作姿态。诗人写作与人生世界是一种亲和而不是对抗的关系，它不是要改造、解放这个世界，而是抚摸这个世界。在诗人写作中，世界不是各类是非的对立统一，而是各种经验和事物的阴阳互补。

天马行空，然而虚怀若谷。

诗歌是无用的，但它却影响着民族生活的精神质量。这个世纪离诗歌越来越远，物质主义几乎征服了整个世界，极端的物质主义导致的是对民族生活和文化精神的遗忘。其实我们今天已经无所不在地生活在一个复制的世界中。如今世界最尖端的智慧也不过是为了使人类将来可以复印，所谓克隆。诗人已经成为人类生活的稀有动物，这是一种非常危险的倾向，这种倾向的结果将使人类丧失记忆、丧失想象力和创造力，最终丧失掉存在的意义。

诗歌的"在途中"，指的是说话的方法。诗歌是穿越知识的谎言回到真理的语言活动。诗歌的语感，来自生命。没有语感的东西乃是知识。

"如果缺少了基本情绪，一切只是概念和语词外壳撞击而成的嘎嘎乱响而已。"（海德格尔）

汉语是世界上最优美、最富于诗性的语言，汉语与世界的关系是抚摸的关系，汉语的性质是柔软温和的。它与人生世界的关系不是批判对立，不是发现征服的关系。在此批判盛行的时代，诗人写作尤其要清醒地意识到这一点。在此时代，汉语不仅仅是语言，它本身就是一种箴言。一种关于世界历史方向的箴言，它并不依靠教义，它只要说话。作为诗人，我以能够用汉语写作并栖居在其间感到庆幸。我以为，世界诗歌的标准早已在中国六七世纪全球诗歌的黄金时代中被唐

431

诗和宋词所确立。把中国传统上的那些伟大的诗歌圣哲和他们的作品仅仅看成死掉的古董，这是一种蒙昧的知识。在我看来，它们——唐诗宋词，乃是世界诗歌的常青的生命之源。这个黄金时代的诗歌甚至为我们创造了一个诗的国家，诗歌成为人们生活的普遍的日常经验，成为教养。它构成了人们关于"诗"这个词的全部常识和真理。我们要做的仅仅是再次达到这些标准。我当然不是叫诗人们去写古诗，我们要探索的只是再次达到这些标准的方法。

但作为作者，诗人应当怀疑每一个词。尤其当我们的词典在二十世纪的知识中浸渍过。诗歌的标准总是在语言上，如何说上，说得如何上。这一点古代诗论已经讲得很清楚。说什么把诗歌变成了是非之争、价值之争、立场道德倾向之争，这是二十世纪的小传统。我所谓的"反传统"，从根本上说，乃是二十世纪的"反传统"这个传统。

我在九十年代才知道所谓"后现代"这个词，"怎么都行"，不就是"世间一切皆诗"么？我是从中国传统理解所谓"后现代"的。

诗人不是所谓民族主义者，他们只是操着某种语言的神灵、使者。汉语，是汉语诗人惟一的、最根本的"主义""知识"。因此，他只能是民族主义者。

在此时代之夜中，夜，我指的是海德格尔所谓的"世界的图画时代"，"透过'图画'一词，我们首先想到的恐怕是某件东西的摹本"。当世界面临普遍地被克隆于某个全球一体化的世界图式，纳入格林威治标准时间之际，诗人是人群中惟一可以称为神祇的一群。他们代替被放逐的诸神继续行使着神的职责，他们就是活在人群中的五百罗汉。今天，在这个"唯物"盛行的国家中已经没有神灵，人们什么都可以干，"喝令三山五岳开道，我来了"，古代中国那个万物有灵的世界危在旦夕。在此时代之夜中，诗人不应该远离人民和大地，高高在上，自我崇拜，孤芳自赏，自以为这样就可以拯救。诗人应当深入到这时代之夜中，成为黑暗的一部分，成为更真实的黑暗，使那黑暗由于诗人的加入成为具有灵性的。诗人决不可以妄言拯救，他不可以倨傲自恃，他应当知道，他并不是神，他只是替天行道，他只是神的一支笔。在此时代，诗人如果要拯救的话，只是从此时代的知识中拯救他自己。

诗人写作反对诗歌写作中的进化论倾向。诗人不可以以为最好的诗歌总是在未来，在下一个时代。诗歌并不是日日新的。诗歌不是进化的。伟大的诗歌从过去到今天都是伟大的诗歌，这种在诗歌中的一成不变、这种原在性，就是诗歌的神性，诗人就是要在他自己的时代把这种不变性，亦即"永恒"昭示于他自己的时代的人，他应当通过"存在"的再次被澄明让那些无法无天的知识有所忌讳、有所恐惧、有所收敛，让那些在时代之夜中迷失了的人们有所依托。如果大地自己已经没有能力"原天地之美"，如果大地已经没有能力依托自己的"原在"，那么这一责任就转移到诗人身上。诗人应该彰显大地那种一成不变的性质。在此崇尚变化、维新的时代，诗人就是那种敢于在时间中原在的人。

于　坚

2000 年